NF文庫
ノンフィクション

軍神の母、シドニーに還る

生き残り学徒兵の「取材ノート」から

南 雅也

潮書房光人新社

はじめに――〝戦争〟を取材して

光に濡れて白々と
打ち伏す屍わが戦友《とも》よ
握れる銃《つつ》に君はなお
御国《みくに》を護るの心かよ
（「あ、わが戦友」作詞・林柳波／作曲・細川潤一）

私が日頃、心の底から大切にしている軍歌の一節である。あの戦場で、数知れず見たこれこそまさに、〝あ、わが戦友〟の壮烈な姿なのであった。

戦後よく、そして今でも、苦しい時、つらい時、くやしい時……俗に云う〝渡る世間に鬼はなし〟どころではない、今日のにがにがしい世の中で、そういう思いにつき当たった時、私は、歯をくいしばって胸の内で、この軍歌の一節を繰り返し、繰り返す。

亡き戦友《とも》の、あの時の無念を想えば、こんな浮き世のくだらぬしがらみなどクソくらえ、クヨクヨしてたまるか、と知らず勇気が沸いて来る。負けぬ気が、憤怒のごとく噴き出して来る。

死の戦場に生き残った者の苦しみ、そして悲哀は、死の戦場にいた者でなければ判らない。そしてその戦場に、散華《さんげ》していった戦士たちと、見えないきずなでつながっている人びとでなければ、判らない。

そしてその戦場とは、草むす屍、水漬く屍、空散る屍…と化した勇士たちが戦った、第一線の野戦場や大海原《うなはら》、そして雲の果ての中だけだったのではない。

こういう戦場に、かけがえのない父を夫を、兄を弟を送り出したすべての肉親にとっても、日常座臥、耐え切れぬほどの切ない毎日毎日が戦場だったのだ。弾丸こそ飛んで来ないが、それ以上のものが五体を突き刺し、心を引き裂く、無情の戦場だったのである。

子等はみな、軍《いくさ》のにはにいではてて
　翁やひとり　山田もるらむ

これは明治陛下の御製であるが、兵士たちを戦場に送り出したあとの〝銃後〟にあって国の守りを固めた人びとにとっても、自分の身の回りが戦場であった。しかも戦局熾烈となり、連日連夜の空襲と闘った人たちにとっては、決して今なお亡却の彼方に押し流してしまうことの出来ない、それは戦野と同じく死の戦場であったのだ。

まだある。わが国敗戦を断じて肯《がえ》んぜず、軍・民問わず抗戦に命を張り、ついに果たせず自決した人びと――その烈士たちにとっては、〝敗戦の戦後〟こそが、命とひきかえの戦場であった。また戦後、敗戦の責めを甘んじて一身に受け、言挙《ことあ》げせず言い訳せず、ひたすら戦死者の冥福を祈りつづけて、ひっそりと生きて来た人たち――この〝世捨て人〟のような生き様をつらぬいて来た人びとにとっては、長い戦後が、針のむしろの戦場であったに違いない。

このようなさまざまな戦場に、わが日本人たちはそれぞれの立場でどうかかわったのか、どういう生き様、そして死に様で祖国興亡に身を挺したのか――今浦島のような身でシベリアから引き揚げ以来、私が〝戦争〟を取材したかったのは、そういった実相を知りたかったからである。そして昭和三十年頃からとくに十数年間を集中して、〝生き残り〟の方がたにお会いして来た。

中には、かたくなに口を閉ざされ、往時を語るのを拒む方もおられた。だが、その方をお訪ねしたこの私も、同じく死に残りの一人であることを知ると、当初固辞したことを謝まり、そして倦《う》むことなく、飽くことなく語りつづけてくれた。自分自身の戦いをでなく、死んでいった戦友《とも》たちのことをであった。亡き勇士たちの、おかあさんの許もお訪ねした。私が、その方がたの「子ども」たちと、今もし生きていれば同じ年頃、と偲ばれたのか、私がメモとる手を涙ぐんで見守っても下さった。

用兵の妙、抜群、ついに戦いに敗れることのなかった将軍は、なんどお訪ねしてもそのことは笑って話をそらされ、戦場に散った若き将兵のことのみ、私に話されるのであった。慟哭《どうこく》の、古戦場にも飛び、抗戦烈士の最期の場も、見た。

取材に明け暮れた十数年の歳月――〝戦争〟と取り組みつづけて私は、あの戦争がわが国敗戦という古今未曾有の事実の中で終焉しただけに、まだまだ語られていない、知られていないつわものたちの偉勲が、数限りなくある、埋もれている、と思えてならなかった。いつの日か、後世の史家たちが、あの時の戦争――大東亜戦争を、正しく評価するために、その貴重な糧《かて》としてそれらを更に発掘しなければならぬ、そして書き綴り、語り継いでいかねばならぬ、と思った。その思いは、今なお変わらない。

本書は、一方にそういう思いを残しながら、折々の取材に深く心にやきついた人たちのことを、まとめたものである。それは、軍神とその母たちのことであり、玉砕の島・硫黄島で降伏を肯んじなかった人のことであり、わが国敗戦承服しがたしとして壮烈な死に様を見せた烈士たちのことであり、そして「声なき雄叫び」にもふさわしい生き様を生涯つらぬいて来た名将たちのことである。

と同時に、私の戦場体験を通して終生、忘れ得ぬ人のことをもあえて再述した。それが、私の「戦争」と取り組むようになった〝原点〟だからである。なお、文藝春秋等に既発表のものについては、戦闘状況詳述のために一部補筆をおこなった。取材の経緯については、本書の「終章」の中に触れさせて頂いた。ご高覧賜れば幸いである。

南　雅也

軍神の母、シドニーに還る——目次

軍神の母、シドニーに還る

——生き残り学徒兵の「取材ノート」から

第一章　軍神、その母たち

軍神の母、シドニーに還る

千人力の善意に包まれて

シドニーからのジェット機が羽田空港に着陸した時、待ち受けるタラップの周りは報道陣たちでごった返していた。

国賓の到着ではない。それが証拠に、ものものしい警備陣の姿はひとりも見当たらない。待たれているのは、ひとりの無名のおばあさんなのである。やがてタラップがかけられ扉が開くと、黒い羽織姿の老婆がからだを二つに折り曲げ、杖をつきながらトコトコと降りて来る。迎えの一団が、どっとかけ寄って叫んだ。

「お帰りなさい。ジェット機はこわくありませんでしたか?」

すると、そのおばあさんは、手を大きく打ち振りながら、こう言ったものだ。「飛行機は、

昭和17年6月4日、シドニー港の海中から引き揚げられた松尾敬宇大尉指揮の特殊潜航艇

こけんかったばい（おっこちなかったもの）」胸を張り、明るく晴ればれとしたその人の顔だった。

——松尾まつ枝さん、その時八十三歳。九州熊本の草深い片田舎から、はるばるオーストラリアまで生まれてはじめての海外旅行をして来た。

その子息、松尾敬宇中佐は太平洋戦争勃発の翌年五月、特殊潜航艇にうち乗ってシドニー湾口深く突入した勇士で、当時、二階級特進の栄誉に輝いた軍神のひとりだった。まつ枝さんは、その子息が突入した思い出の地を訪れ、亡き息子のおもかげと対面して来たのだった。人びとの善意にリレーされて……。

話はさかのぼる。まつ枝さんの訪豪から四年前のことだ。

同じ熊本に住む地質学の泰斗・松本唯一博士（熊本大学名誉教授）はニュージーランドへ火山研究に出掛けた帰途、伝え聞くキャンベラの連邦戦争記念館を訪れてみた。博士はそこで、朱《あけ》に染まった千人針や、無惨に裂けた特潜艇を見た。鄭重に保存されているとはいえ、故国を遠く離れて、勇士のいさおしが異国の地に瞑《ねむ》っている。松本博士は、郷里で噂に聞いていた松尾さんのことを頭に思い浮かべ、なんとかしてこの遺品に対面させてあげたい、と考えた。そして帰国してはじめて山鹿市久原《くばる》にひっそりと暮らすまつ枝さんと会い、博士はその悲願をますますかためることになる。

思い出だけに生きている、そのひたむきな息子への愛を、刻まれた深いしわのかずかずの中に見た博士は、矢も楯もたまらなかった。夫人と相談し、馴れぬ募金を手さぐりではじめる。だが、思うようにはすすまない。

千人力、という言葉がある。千人の人から集めれば、まつ枝さんを豪州へおくることは出来るのだ――そう思って、足を棒にして飛び回った。すでに博士も、当時七十余の老齢である。ちびた靴をひきずる足は、ともすれば重かった。だが、博士の献身的な善意が、少しずつではあったがみのりはじめ、貯金通帳の額がふえていった。しかし、歳月は容赦なく過ぎ、博士の焦りはつのる。高齢のまつ枝さんの身も心配だった。そこで博士は、ついに家屋敷を売り払って資金をつくることを決意、主人の心を知る夫人も即座に賛成した。二人ともまつ枝さんに尽くすことを、老後残された唯一の人の道、と心に決めていたようである。

その頃、かつて教鞭をとっていた明治工専の教え子たちが、博士の悲壮な決意を伝え聞いて、ぞくぞくと金を送って来た。博士が訪豪してから、ちょうど三年経っていた。そこへ、松尾艇を搭載してシドニーへ出撃したイ二二号潜水艦の当時の艦長揚田清猪氏が、敬宇中佐の命日である五月三十一日、墓参のため山鹿へ訪れて来た。博士の美挙に打たれた揚田元艦長は、直ちに決心すると旧海軍関係者に呼びかけ、大車輪の募金がはじまった。松尾中佐の同期、海兵六十六期の会でも相良辰雄氏（当時防衛庁航空幕僚監部勤務）らが中心となってうごきはじめた。

地元からも、ロータリークラブからもあたたかい愛の手が差しのべられる。街角で、博士の姿を見て、ポケットからなにがしかの金をそっと差し出すタクシーの運転手もいた。学校ぐるみ募金して届けられて来るかわいい募金もあった。遠く東京から、そして全国の果てから、まつ枝さんを思う愛の資金が送られて来た。
しかし、まつ枝さんは最初、長い間申しわけながって、こういう人びとの善意に甘えようとしなかった。国をあげて、といってもいいほどの、この声援に対してただ涙にくれるばかりだった。人びとは困り果てた。すでにかの地では、いちど来日した前記念館長マックグレース氏の尽力で、からだ一つ来てくれればいいというぐらい万端の準備をして待っているという。それを知った菊地神社の禰宜《ねぎ》・上米良さんは、「軍神の母であるあなたが渡豪することは日豪親善のかけ橋になるのです」と、声をかぎりに励ました。まつ枝さんが決心を固めたのは、この時だったろう。こんな歌がその折つくられた。

とつくにのあつき情けにこたえばやと
　老いを忘れて勇み旅立つ

こうして、その年〔昭和四十三年〕四月二十七日の夕刻、まつ枝さんは遠くシドニーまで八千キロの旅路につくことになる。同行するのは、亡き中佐の実姉佐伯ふじえさん、それにまつ枝さんのたっての願いで行を共にすることになった松本博士の二人だった。

ところで〝軍神の母〟の訪豪を伝え聞いて空港にかけつけた人びとの中に、東条カツさん（故東条首相夫人）のひそかな姿があった。戦争に負けて「ほんにこの方がお気の毒」と思っているまつ枝さんは、その時涙のいっぱいにじんだ眼で、カツ夫人の人かげにかくれた姿を見つづける。まつ枝さんは、自身の不幸など、なんでもないと思う。

ひそかに見送る人が、もう一人いた。息子のかつての許嫁S子さんの母堂である。S子さんと敬宇大尉は、その頃、未来を誓い合った仲だった。果たせぬまま征く大尉は、出撃直前、遺書の中で、その許嫁の両親に不孝を詫びた。その人は戦後、数年にわたってまつ枝さんをじつの親と慕い、孝養の道を尽くして来た。が、まつ枝さんは、それを許してはいけないと思った。S子さんを、幸せにしなければいけない……。

出発の日、その許嫁だった人の代わりにお母さんが来たのである。老いた二人は、ひしと抱き合い、背をさすり合いながら涙にくれる。別れる直前、その人はまつ枝さんのたもとに、そっと一枚の紙片を差し入れた。まつ枝さんは、そのことに気づかなかった。翌日、現地へ着いて敬宇大尉の沈んだ湾内の巡航を終え、ホテルへ帰った時、羽織のたもとが、がさつくのに気づいた。とり出してみると、一枚の紙片に署名のない二首の和歌が綴ってあったのだ。まつ枝さんには、その歌が誰のものか、すぐ判った。

ひとたびはゆかむと思いし南溟の
　君に伝へてよ今は安しと
はるかなる旅路やすかれと祈るなり
　過ぎにし日々をしのび給いて

まつ枝さんは、とぼとぼと出掛けていくと、湾内を見下す断崖にたたずみ、その紙片をしっかりと右手に握りしめていた。今は幸せに家庭をいとなむというS子さんの心を遥かに思い、まつ枝さんは深々と頭を下げる。そして、石にしっかりと紙片をくくりつけ、海へ投げ入れた。悲しかった。

――まつ枝さんの一行を乗せた機は、快い爆音をひびかせながら、夜空をシドニーへ飛びつづける。一人の美しいスチュワーデスがまつ枝さんにかかりきりだった。

「私が、おばあちゃんのお世話ばしします言うてな。そりゃあもう大切にしとくれましたばい。そしたら、いきなり私に抱きつきよりましてな。私はおばあちゃんがおらんばってん、私のおばあちゃんになってくれ言いますもんな。かわいそうに戦争でお父さんが亡くなってしまった言いますものな。でも、えらか娘さんですばい。英語もなかなかうまか……」

まつ枝さんは、自分の孫のようなそのスチュワーデスの手を優しく、いつまでもなでてやる。もしかしたら、S子さんの面影をふと思い浮かべていたのだろうか。

まつ枝さんは、折れ曲った小さな体をシートに深々と埋めたまま、その晩とうとう一睡も出来なかった。

司令塔から身を乗り出し

シドニーでは、たいへんな歓迎で大さわぎであった。カメラの放列がまつ枝さんを四方八方から包んだ。海軍から派遣されて来たロバーツ中佐たちがしっかり寄り添い、人ごみをかき分ける。新聞記者たちが、矢継ぎ早に質問を浴びせる。ニコニコと微笑みながら、まつ枝さんの心は、シドニー湾に早くも飛んでいた。

翌日、ガーデンアイランドの海軍基地から一行はランチに乗り込んだ。小雨がバラつき湾内は荒れ模様だった。ローズ湾をよぎって北上をはじめると、ランチは木の葉のように揺れた。まつ枝さんは、座席にしっかりとしがみつき、黒く歯をむくタスマン海を見すえた。ここで息子たちが、十余時間も戦ったのだ。からだが小刻みにふるえた。

——昭和十七年五月三十一日。

湾口の東五マイルの海面下に、シドニー特別攻撃隊（指揮官佐々木半九大佐）のイ号潜水艦——二二、二四、二七の三艦がひそかに集合していた。

めざす湾内には、珊瑚海海戦を終えたグレース海軍少将麾《き》下《か》の十隻余の主力艦隊が、重巡洋艦シカゴと駆逐艦パーキンスを主力に、南太平洋海戦の出動態勢をかためつつあった。

攻撃隊は、それぞれ搭載の特潜艇を、中馬艇（イ二七搭載・艇長中馬兼四大尉、艇付大森猛一曹）、伴艇（イ二四搭載・艇長伴勝久中尉、艇付芦辺守一兵曹）、そして松尾艇（イ二二搭載・艇長松尾敬宇大尉、艇付都竹正雄二曹）の順序で発進させ、湾口潜入時刻は日没一時間後、以後三十分間隔で突入と決められた。

めざすのは、いうまでもなくこの主力艦隊である。

その名も特潜艇——覚えておられる読者の方も多いと思う。開戦へき頭、あの真珠湾に「甲標的」という名の特殊潜航艇、五隻をもって奇襲攻撃をかけた「九軍神」の壮挙が発表されたことを……。松尾大尉は、その時、イ二二潜にあって総指揮をとった佐々木半九大佐の指揮官付として、この奇襲攻撃の参謀役をつとめていた。

松尾大尉はその時、真珠湾突入の特潜艇長をつよく希望したのだったが果たせず、出撃する仲間たちを見送った。だが、こんどは同じそのイ二二潜にあって、甲標的に乗り込みシドニーなぐり込みの特潜指揮官となったのであった。

特潜艇は、艇長が潜望鏡と羅針儀をたよりに指揮をとり、操舵と魚雷発射を艇付が行なう小型の潜航艇で、全長二十三・九メートル、直径一・八五メートル、重量四十六トン、それに四十五センチ魚雷発射管二基を搭載していた。最大速力は十九ノットも出るのだが、二次電池だけの動力のため全速で二十分も走れば全電池を放電してしまうため、航続距離を少しでも延ばすため四、五ノットで走ったという。（元海軍少佐・田尻健次氏資料より）

この特潜艇を、搭載潜水艦の後甲板にうしろ向きに縛《ばく》着し、潜航したまま固定バンドをはずすと、特潜艇は自力で発進していく仕組みになっていた。

そして正午後六時、第一陣の中馬艇が発進——。

まつ枝さんを乗せたランチは、まずこの中馬艇が没した海面へ差しかかる。中馬艇は、夜八時に湾口へ辿りついた時、防潜網に艇がひっかかり、四時間もの死闘ののち起爆装置をひいて自爆したと聞く。

その海面に、篠つく雨が音もなく降りそそいでいた。まつ枝さんは、よろけるからだを二人の水兵に両わきから支えられながら、熊本から持って来た酒をその海にそそ

特殊潜航艇艇長・松尾敬宇大尉（下）と艇付・都竹正雄二曹

ぎ、ビニールの袋からふるさとの花びらをとり出し、散りばめた。

まつ枝さんは、まだこの時は気丈夫だった。しかし、ランチが次の伴艇の奮戦地点に差しかかった時、まつ枝さんはもうこらえ切れなかった。

「伴さんの艇だけ、あがっちょりませんものな。立派な働きをして、それがおもてに出ませんものな。かわいそうで……」


――伴艇はあの時、港内深くまで潜入し、ガードン島近くへ迫った。だがそこを探照燈に照射され猛砲撃を浴びせられる。伴艇は屈せず、潜望鏡いっぱいに映る重巡シカゴを狙って二発の魚雷を発射。一発はそれたが、一発はシカゴの底をかすめて碇泊艦コタバルに命中、撃沈させた。攻撃後、港外に脱出したがすでに相当の被弾を受けていたか、ついに母潜イ二四に帰りつくことは出来なかった。発進後、伴艇は六時間余も死闘をつづけていたのだ――。

まつ枝さんは、憑かれたように立ち上がるとこの老いの身からと思うほどの大声で叫んだ。

「伴さん……」絶句したまつ枝さんは、歌を音吐ろうろうと詠じた。

　荒海の底をくぐりし勇士らを
　　今ぞたたえめ心ゆくまで

「海に向かって思わず、おめきましたばい。けれどもな、うしろからついて来よる記者さんたちのランチに、きちがいじゃなかろうかと思われませんか思うて」

やがてランチは、松尾艇が最期を遂げたテーラー湾へといよいよ差しかかる。

――松尾艇が湾内へ潜入した時、あたりはすでに大混乱の様相を呈していた。伴艇がすでに敵艦コタバルを撃沈している。得体の知れない日本の潜航艇が湾内を相次いで奇襲して来る。敵は恐怖にひきつった。そのため、碇泊中の全艦が探照燈を一斉照射し、沿岸の砲台という砲台からは熾烈な砲撃が間断なく繰り返され、海面は水柱が林立しつづけた。爆雷も、相次ぎ投下されていた。

松尾艇は、執拗な爆雷攻撃の中を大胆にも浅い海底に沈座したまま、約四時間、敵艦必殺の機会をひた待ちに待ちつづけていた。午前二時頃、西水路を航行して来る重巡シカゴを発見、直ちに魚雷攻撃をおこなったが、相次ぐ爆雷で故障を来たしたか魚雷は発射せず、こんどは猛然と浮上してシカゴに必中体当たりを図った。だが瞬時の差でかわされ、松尾艇は再び潜航してガードン島近くの敵艦船を求めて、さらに港内深くテーラー湾まで突入していった。

こうこうたる月光と、真昼のように照射される探照燈のために、松尾艇の航跡はしっかりととらえられていた。あくなき爆雷攻撃がつづいた。海上は地獄の様相を呈していた。

その時である、その特潜艇が突如浮上したのは……。そしてまばゆい光芒に艇をさらし、松尾大尉は司令塔から半身を乗り出して胸を張り、悠々と湾内を偵察する阿修羅ぶりだったという。敵艦側は、そのあまりに無謀にして豪胆きわまる特潜艇に度胆を抜かれ、しばらく攻撃の手を休めたほどだったというが、突然、松尾艇は眼前の敵艦めがけて向きを変え、猛スピードで迫っていった。が、たちまち集中砲火を浴び、艇は、かき消えるように海面下へ姿を没していったのだ。

松尾大尉は、トラック島の基地を出撃してシドニーに向かう約百浬の死出の旅路の折、一通の遺書をしたためている。

「先に第一回特別攻撃隊指揮官付として、更に此度は○指揮官として光栄ある任務に就く。男子の本懐是に過るものなし。天皇陛下の御稜威の下、天祐神助を確信し誓って成功を期す。顧みれば生を享けて二十有六年、寸時も御両親の御心を安んじ奉る暇もなく果つるも、此度の有難き任務に就く私最後の孝行を御褒め下され度候。今日迄御世話に相成り候郷里の皆様を始め私を今日あらしめし諸先生、先輩、同僚等へ宜敷く御伝へ下され度候。

五月二十七日　　　　　　　　　　　　　　　　　　敬宇拝

父上様

追伸　同乗の都竹正雄兵曹は私の最も信頼せる部下にて真に優秀なる人物に御座候。兵曹の御両親には申訳なき次第、父上様御訪ねの上宜敷く御伝へ下され度候。」

こう追伸して、松尾大尉は同乗の都竹兵曹の故郷の住所を書き添えている。

そしてその都竹兵曹もまた出撃前、「決意」と前書きした次のような文をしたためて、松尾大尉に渡している。

「茲に特攻隊となり、男子の本望之に過ぐるものなしと慶賀す。大東亜の海を越えて幾多前途に苦難あらんも、天祐神助を確信し、虎穴に入りて成功を期す。我身また不束なりと雖も、意中は只忠あるのみ。大願成就の暁、貴官とともに欣んで還らず。

出撃に際し　　　艇付　　都竹正雄

艇長殿　　　　　　　　　　　」

二人ともすでに、シドニーへ向かうその時から、生きて再び母潜へ還ることなど毛頭も考えず、唯ひたすら奇襲必中にその全生命をかけていたのだ――。

〝きゅうくつじゃったろう！〟

まつ枝さんは息子の最期を思い、その地点を見つめつづける。酒をふりそそぎ、花をまいた。歌を書いた色紙を投げた。

花を追う色紙波間に見えかくれ

いつかは六つの魂にとどかむ

その色紙が、奇蹟を見せた。最初、投げた時に裏の出ていたその色紙が、ランチの回りにただよう花びらのそばに近づいたと思うと、くるりとかえって表をあらわし、花びらとともに、いつまでもいつまでもまつ枝さんを慕うがごとく波間に揺れた。

こえて五月一日、首都キャンベラへ飛ぶ。ゴートン首相とケリー海相（いずれも当時）が、相次いでこの遠来の客をねぎらった。

「総理が、ドアのところまで迎えに来てくれましたばい。すぐ手をとって背をさすってくれましてなあ。つりこまれて気安うなりましたい」まつ枝さんは、相手が何者であろうと、ちゅうちょはしない。どこまでも、むき出しの肥後弁で迫っていく。かざらない〝日本の母〟の姿を見て、豪州の人たちはうなった。「佐藤総理（当時）が来豪された時より、はるかに人気がある」。大使館の人たちが、松本博士にこう洩らしたそうだ。立派な国民使節、という他はなかった。

このキャンベラで、まつ枝さんは特潜艇と対面するのである。めざす戦争記念館に着いた時、深い樹々にとり囲まれた芝生の一角に、白い台座に載った特潜艇がくろぐろと光っていた。松本博士は、まつ枝さんの左手を握って、先導するランカスター館長のあとを歩いていたが、いつしかまつ枝さんの掌に、しっとりと熱い汗のにじんでくるのを感じ、思わず握りしめた。おびただしいカメラの放列も、まつ枝さんの目には入らない。くい入るような目を、その黒い鉄の塊にそそぎながら、ただ前のめりに急いだ。

ダーク・グレイのその鉄の柩《ひつぎ》は、司令塔の直前部で無惨に裂けていた。艇は、三つに切断されており、中馬・松尾両艇を結合して原型を復元したという。むき出しのスクリュー二個、前方には鋸の歯のような防潜網切断器がぶきみにのぞいている。

見上げるように、においをかぐように、ひたとその艇に寄り添ったまつ枝さんはたまらなくなったように右手で、艇をなで回しはじめる。顔は蒼白だった。その右手は、大きくわななき、やがて、こらえにこらえた涙が滂沱《ぼうだ》とあふれる。博士の右手にしがみついているまつ枝さんの左手は、ふるえつづけた。

「あれが中に、魚雷ば二つ入れて、そこへあの太《ふと》か体が入りきおったかなと思うて」

まつ枝さんはその時、目をキラキラと輝かせ、四角く胸を張った偉丈夫の息子の姿をこの艇の中に見たという。まつ枝さんは思わずくずれ落ちそうになり、悲しく叫んだ。

「あんた、きゅうくつじゃったろう！」

まつ枝さんは、特潜艇を見るまで、敬宇大尉一人のことだけを考えてはいなかった。そこに瞑る六人の勇士の霊を慰めるのがおつとめ、と自分で言い聞かせて来たのである。だが、この時はもう押さえることは出来なかった。まつ枝さんは、はげしくしゃくりあげながら、艇の裂け目にふるさとの小さな花束を差し込み、菊池神社から頂いて来た酒をまんべんなく艇にかけた。

　　愛艇をなでつつ思う呉《くれ》の宿
　　　名残を惜しみし彼の夜のこと

――昭和十七年三月下旬のことだった。まつ枝さんは、呉の宿で敬宇大尉と一夜を共にした。手紙が来たのである。そして、菊池千本槍でつくった短刀と菊池神社の大玉串、それに御守り七個を持って来てほしいと言って来た。夫の鶴彦氏（昭和三十五年病没）と長男白疆氏（昭和二十五年病没）それに姉のふじえさんが一緒に呉へ向かった。

出迎えた敬宇大尉の顔があまりに青く、痩せているのに驚いたまつ枝さんは、「お酒を呑み過ぎるのではないか」とたしなめたが、息子はニコニコと笑うだけだった。

その夜は、久しぶりに一家だんらんのひとときを過ごす。しばらくあって、鶴彦氏が短刀をとり出し、言った。

「お前の望む千本槍だ。最後まで、この魂を貫ぬくのだよ」と静かに差し出すと、彼は大きくうなずきながら、ひもをほどき鞘を払って、「これこれ」と低くつぶやいた。そして射るように、その白い刃《やいば》を見つめた。建武のその昔、ふるさとの忠臣・菊池武重が、箱根の嶮峻に優勢を誇る賊将足利直義に対し、短刀を竹に付けたにわか作りの武器をもって猛然奇襲、これを敗走させたという故事にちなんだ菊池千本槍――その菊池一族の血を享け継ぐ松尾家にとって、この短刀は烈忠の魂そのものなのである。鞘を納める袋は、まつ枝さんが嫁いで来た時の丸帯をほどいてこしらえた。

敬宇大尉は、凝然と刃に対しながら、ただ一心に見つめていた。そのすさまじい気魄にまつ枝さんは息をのんだ。夜が更けて、「久しぶりに母さんと寝るかなあ」とつぶやいた大尉は、母のふとんにもぐりこんだかと思うと、いかついからだをすり寄せて来た。まつ枝さんは、虫が知らすのか、これが最後のような気がして、ひしと幅広い肩を抱き寄せたが、その分厚い胸の中で、こみあげて来るものを奥歯でこらえるのがやっとだった――。

「痩せているのは酒のせいなどと言って、ほんに済まなかっただなあと思うと……」そう言って、まつ枝さんはまた新たな涙にくれるのである。

――突入して二か月ほど経って、戦死の内報が届いた。遺品の束の中から一冊の小さな手帳が出て来た。そこには、まつ枝さんが折にふれ送っていたふるさとの花が、だいじに押し花にされていっぱい貼ってあった。

日曜も遊べざりけりあやかれと

神詣でする母を思いて

手帳の片隅に、この歌を見つけてまつ枝さんは、声をあげて泣いた。大尉の出陣以来、まつ枝さんは毎日菊池神社へ日参していたのである。大尉は、それを知っていたのだ。

嬉しそうに、いそいそと仏壇からまつ枝さんがとり出して来たその黒表紙の手帳を開くと、母を慕う大尉の心が、その花びらのすきまからはげしくにおって来るようだった。敬宇大尉は少年時代、成績は中程度だったという。海軍兵学校への合格は危ぶまれた。それを考えた母校鹿本中学の担当・榎田栄次氏が、提出する内申書に墨痕りんり、書きまくった。

〝男の中の男、男らしい男とは、こんな男をいうのだろう〟――それが、海軍兵学校をうごかしたとも言われる。

武士道には騎士道で

思い出はまつ枝さんの胸中をよぎる。

(大きいなりをして、気がやさしゅうて)まつ枝さんは、息子の愛艇の肌をあくことなく撫でつづける。呉の宿で抱いて寝た、あの時と同じように……。

時間が充分になかった。まつ枝さんは、やさしくうながされ、やがて戦争記念館へと導かれていった。ここで、忘れもしない千人針と対面するのである。あの頃、村の学校をかけめぐり、千人の娘たちから、赤誠の糸の玉を縫ってもらったという姉のふじえさんは、千人針を見ないうちから、もう泣きくずれた。館長が、まつ枝さんを椅子に坐らせ、静かに千人針を抱かせた。白木の額ぶちに納められた、それは血染めの千人針だった。および腰で、その額を握ったまつ枝さんは、小刻みにふるえ、椅子の中で大きく揺れた。

千人針の上にボタボタと涙が落ち、椅子から転げ落ちそうになって、館長の手にしがみつく。カメラマンたちの、シャッターを切る音がとだえた。静まり返ったその一室で、まつ枝さんを抱きしめている館長の嗚咽《おえつ》が、耳朶《じだ》を打った。

まつ枝さんは、こんど豪州へ来るまで気の滅入《めい》ることが多かった。祖国敗戦を聞いて、「なんだかもう寂しい気持ちになって、あまり外にも出んようになった」まつ枝さんでもある。故郷の久原山を背にした松尾中佐供養塔に足しげく参詣して、備え付けの芳名録に記帳してくれた人たちの中で、戦後ひそかにやって来て、墨くろぐろと消していった人もかなりいたらしい。

「こんなに弱かもんかと思いましたばい」まつ枝さんは、人の心が悲しかった。

けれども今、長い長い歳月ののち、はじめて息子の瞑る異国の土を踏み、まつ枝さんの心は、明るく晴れあがりはじめていた。息子に会えたのである。だが、それにもまして、かつて敵国であったこの地の人びとの、息子に寄せる賞讃と尊敬の声には、目を見張る思いであった。

当時豪州海軍が行なった葬儀の時、弔銃を射ちはなつ十二名の水兵の右翼でラッパを吹奏したという、一人の元水兵が訪ねて来た。彼は、まつ枝さんの頬に熱い口づけをし、両手をおし頂くようにしながら、松尾艇の勇気をほめたたえた。

――前述の田尻健次氏資料に拠れば、シドニーに壮烈な最期を遂げた各艇の引き揚げは、松尾艇が六月四日、中馬艇が翌五日のことだった。クレーンに吊るされ、まず司令塔部分から水面に姿を現わした時、作業員たちも報道陣たちも、期せずして脱帽し敬《けい》虔《けん》な面持ちで、勇気ある日本人の鉄の柩《ひつぎ》を見守ったという。

シドニーで戦死した特殊潜航艇乗員に対するオーストラリア海軍の海軍葬。弔銃斉射も行なわれた

海軍葬をもって、この勇士たちを見送りたいというシドニー港司令官、ムアーヘッド・グルード海軍少将の意向は、時の駐豪公使河相達夫氏の許へ伝えられた。そして、火葬に付することが日本の慣習に合致するかどうかも念のためお伺いしたい、という鄭重な問い合わせであった。河相公使は涙を流して感激し、心から豪州海軍の騎士道に感謝したということである。

そして海軍葬は、シドニー近郊ロックウッド・クリマトリア斎場でしめやかに行なわれたのであった。二列に並んだ海軍儀仗隊が整列し、捧げ銃と、みたま鎮《しず》めの空砲の発射が行なわれた。りゅうりょうたる葬送のラッパの音が、参列した軍関係者、各国高官や武官たちの胸を悲しく打ったという。

この海軍葬のいきさつも、まつ枝さんはかの地で詳しく聞かされた。豪州海軍が、引き揚げられた松尾・中馬両艇の四人の敵国日本軍人を、海軍葬にすることを決めた時、「なにも敵国軍人の葬儀まで……」という批判の声が一部に起こったという。

だが、グルード少将は、「余は諸君に問う。かくの如き勇敢なる軍人に対し、名誉的儀礼を与えてはならぬとするのか。勇気は一特定国民の所有物でも伝統でもない。これらの海軍軍人によって示された勇気は、誰によっても認められ、かつ一様に推賞せられるべきものである。これら鉄の柩に入って死地に赴くには、最高度の勇気がいる。これら勇士がおこなった犠牲の一千分の一の犠牲を捧げる準備のある豪州人が幾人いるだろうか」(前出・田尻氏資料)と、全国ラジオ放送を通じて「勇気はいずれの国の独占物でもない」と呼びかけた。

日本の武士道を知った、それは豪州海軍の騎士道であった。こうして四人の柩は、日の丸でおおわれたのだった。そして、引き揚げられた特潜艇の遺品が、戦争記念館に飾られると、人びとは、彼らが〝ボディ・ベルト〟と呼んでいる、千人針の前で釘付けになったのである——。

新聞は連日、軍神の母の一挙手一投足をトップで報じた。勇気ある息子のその老いた母親が、はるばる八千キロも飛んで来たそのまた勇気を讃えるのであった。街を歩けば、見知らぬ人がカンガルーの皮財布を呉れたり、一枚のペニー硬貨を「えんぎがいいから持っていきなさい」と呉れたりもした。シドニーと同じようにサイン攻めとキッスの歓迎がまつ枝の周りについてまわった。やがて、メルボルンへ向かうため、キャンベラを出発しなければならなくなる。

空港へ向かう途中、車が記念館前を通り過ぎると、まつ枝さんは松本博士の手をしっかり握りしめたまま涙ぐんだ。その片手にかき抱いた布袋の中には、千人針と艇の中の木の台の一部がしっかりと納められていた。

メルボルンから再びシドニーへ。まつ枝さんは映画にとられ、何度も記者会見にかり出され、そのつど感想をせがまれた。それに対してまつ枝さんは相変わらず熊本弁一本槍、平気な顔でニコニコと応じた。なかに詩人がいた。映画製作者のマリン・ロイド氏である。まつ枝さんの歌を訳したのを新聞で見て、自作の詩を献じた彼は言った。

「あなたと私は会話は出来ないが、詩と歌で話すことが出来る」松本教授がそれをまつ枝さんに伝えると、「こんど来るまでに日本語をちっと覚えておきなされよ」と、いたずらそうな顔で言った。意味が通じると、満座は笑いころげたという。

ところでまつ枝さんは、こんどの旅に割り箸をたくさん持参していった。けれども結局一膳も使わず、記念に向こうの人にあげて来てしまった。どの招宴にも、心づくしの箸と日本の美味が用意されていた。馴れぬ手つきで招待者たちは、まつ枝さんに合わせて箸を運ぶのだった。

心配だったのは、便秘とベッドである。便秘が「悪うなっては、申しわけなか。ばってん、あの便所のつくりがよかと思いましたな」すんなりと快調の通じがあったのも豪州の水が、まつ枝さんにぴったり合ったのかもしれない。もう一つはベッド。「ベッドから落ちんごとせねばならんばい思って」はじめての夜、こわごわと身をちぢめる。だが、フワフワと体を包むその感触は格別だった。「こぎゃん楽しい旅行は夢のごたある」

五月七日、故国へ帰る日は来た。滞豪中の世話をしてくれたロバーツ中佐が、ふるようなキッスを浴びせ、眼をうるませてまつ枝さんをかき抱いた。

「一生、ここにおったかばってん、おられんたい」(一生ここにいたいが、いるわけにもいかない)。頬を幾筋も白いものが伝わる。でも、まつ枝さんはもう一度この地へ来られそうな気がしないでもない、というのである。

　またくる日約せしことはあだなるも
　　約せしことの楽しくもあるか

まつ枝さんは、こうして念願を果たし、元気に羽田へ再び飛び帰って来た。そしてまた〝肥後の一老婆〟にもどる。まつ枝さんは孫夫婦とかわいい曾孫《ひまご》に囲まれ、せっせと礼状を書くのに忙しい。はるばると山を越えて訪ねて来る人も、連日のようにある。何がしかの金子《きんす》をおくって来る人もいる。

「何かおばあちゃんに好きなものでも」と匿名で市長宛てに送金して来る人もいる。でもまつ枝さんは、こうして送られて来る金は、そっくりそのまま、まつ枝さん訪豪のためつくってくれた後援会に全部差し出してしまう。どんなに会の人が説得しても、だめなのである。思い余って、後援会の人たちは、まつ枝さんの余生のために信用組合へでも預けようか、それとも菊池神社の境内に敬宇中佐の碑を建てようか、とさまざまに思いあぐねる。帰国後も、ぞくぞくとおくられて来るあたたかい心が、こういった善意に満いた人たちを戸惑わせるのである。

みそとせに近き願いのお礼ごと
果して安し今日のよろこび

そう言って、ただただ感謝にくれるまつ枝さんのために、人びとは、これからも何かをしなければならぬ、と考える。でも、きっとまつ枝さんは、いつかのように、また人びとの善意をこばみつづけるだろう。涙にくれて申しわけながるだろう。

＊

――私が、こういう松尾まつ枝さんにはじめてお会いし、〝世界に冠たる〟と形容してもよいほどのすばらしい母の像に打たれてから、もう十四年の歳月が経つ。

あれから、何度お手紙のやりとりをしたことだろう。文藝春秋に、まつ枝さんにお会いした直後、このルポルタージュを発表して掲載誌をお送りすると、「雅也さん、よく書けましたネ。山鹿の老婆は、毎日嬉しく皆さんのお便りを拝見しています。元気でね」そう書いて喜んで下さった。

そういえば、はじめて取材のために田原坂(たばる)を越えて山鹿をお訪ねした時、その翌朝のことだった。一夜、まつ枝さんの許に泊めて頂き、旅立つ朝、田んぼの畔道を辿っていると、ずうっとうしろの方で何やら呼ぶ声がし、振り返ると一人の女性が一所懸命にかけって来るのである。立ち止まってよく見れば、まつ枝さんの孫娘であった。

そうして、私の手に、ずしりと重い新聞紙包みを渡すのである。「ゆうべ、おばあちゃんがつくりましてな」と、息をはずませて言う。聞けば、ボタ餅だという。昨夜、私が寝てからまつ枝さんは、この孫娘と一緒に、東京へ帰る私へのみやげにするためにつくってくれたのである。両手で押しいだたき、お礼を申し上げているうち、眼鏡がくもってやり切れなかった。

「じゃァ……」と言って、くるりと向きを変え、再び畔道を小走りに走っていったあの姿が、今もボタ餅の味とともに忘れられない。

敬宇さんはこの世にいないが、こうしてすばらしい家族と、善意にみちた人びとに見守られながら、まつ枝さんは、九十五歳の天寿を全うされ昨年〔昭和五十五年〕のお正月、みまからられた。今頃、天国で敬宇さんたちに、好きな和歌をつくっては見せ、いたずらそうに笑って、皆を楽しませておられるような気がしてならない。

かあちゃんと百三十八人の人間魚雷

イ47潜に搭載されて出撃
する回天特攻隊「金剛隊」

おしげさんと回天隊員の出会い

　小さなポンポン船が、徳山湾のはるか沖合に浮かぶ大津島めざして動き出した時、その島はまだ、かすんで防波堤のようなつらなりを見せるだけだった。青々と、深いみどりをたたえた静かな周防灘のあの入江の島に、凄絶無比の水中特攻を敢行した若者たちの墓があるという。あの島に戦争中、おしげさんが、子供のようにいつくしんだ回天特別攻撃隊員たちの霊が瞑《ねむ》っているのだ、という。かつて、連合艦隊が舳々相摩してその偉容を浮かべた湾内を、私たちの乗った小舟は、ビリビリとはげしくあえぎながら、進んでいった——。

おしげさんは、汗が頬をつたうのを拭おうともせず、菊の花束を胸にかき抱きながら、せまい船室の窓から、すがりつくようなまなざしで青い海を見つめつづけていた。

「よく、同期の桜を、歌いおってね」。ポツンと、おしげさんは言った。そして、太ったからだをヨチヨチさせて船室をくぐると、トモへ出ていくのである。おしげさんはそこで、手すりにつかまったまま、声もなくボロボロ泣いていた。

三十分も走った頃、低い連山の真中にある大津島が、くっきりと見えて来た。丘の中腹に、イモの段々畠が幾筋にも縞となって脈うっている。すれ違う舟もないこの付近は、水深約八十メートル——あの回天が岩と岩との間をくぐり抜け、潜望鏡一本を頼りに猛訓練したと聞いている。嵐の夜も、大しけの日も、九三魚雷を改造した回天という名の水中兵器に、単身もぐり込んだ若者たちが敵艦に肉弾体当たりの必殺戦法を訓練したとは、まるで信じられないような静かな水面だった。

だが小舟が大津島に着いた時、凄惨な廃墟の跡がやきつくように目に飛び込んで来た。くずれかけた魚雷発射場のコンクリートの壁が海に突き出て、ぶきみな残骸をさらしている。島は、物音一つしなかった。見わたしたところ、船着場らしいところがない。小肥りのおしげさんは、船頭に手をとられて匐《は》い上がるように上陸したのである。こなごなに砕けた岩のかけらと、草ぼうぼうのこの島に上がってから、しばらくは人に出会うことがなかった。海辺を少し離れて、細い道が急に登り坂になった時、降るようなセミのなき声が聞こえて来た。

不意に、モンペ姿の一人の老婆が、その坂の上に姿を現わした。両手に、枯れた花とカラの牛乳ビンを持っていた。目ざとくその老婆を見つけたおしげさんは、やにわに日傘をたたんだかと思うと、坂の方にかけ出していき、「ほんとに、お世話かけます。どうぞ、よろしくお願いします」と、その老婆にからだをすりつけるようにして、深々と頭を下げた。そして、野良着のその胸に小さな紙包みをそっと押し込むのであった。おしげさんのささやかな志を包んだものだったろうか。

「あの人ね、昔からこの島にいるんですよ。ああやって、よく世話して下さる、ほんとに……」

この坂の上に、回天隊員を祀った碑がある。あの老婆も、よく花を手向けてくれるのだとおしげさんは言った。大津島にはわずか百数十戸、数百名の漁民しかいない。あの頃、漁民たちは、島の小高い丘陵を回天隊員たちがよく、エイオー、エイオーと言いながらかけていたのを見ている。だが、回天出撃という朝、この島の住民たちは一歩たりとも戸外へ出ることは許されなかった。隊員最後の歌声を聞きながら、彼らは部屋の中で線香をあげ、拝みつづけたという。万歳の声を全身で聞きながら、雨戸を閉めた部屋の中で手を合わせていたという。だから戦後、生き残りの隊員たちの手で回天碑が出来ると、あの日の朝のことを忘れられない村人たちは、よく墓守りをしてくれているらしい。

回天碑は、眼下に徳山湾を見おろす島の中腹に建てられている。水中に散華《さんげ》した英霊、百三十八柱、その一人一人が自分の息子だと、あの日以来ずっとおしげさんは決めている。抱えて来た菊の花を供え、まんじゅうを積みあげて線香を立てると、湾から吹きあげて来る風が強くて、束ねた線香が、ボウと煙をふきはらって燃え上がった。

「燃えちゃう、みんな若いから、元気がいいこと……」ニコニコ笑いながら、そんなことをつぶやいて、その炎をおしげさんはじっと見つめる。碑の横の石には、百三十八柱の氏名が刻まれている。おしげさんは、それまでしゃがんでいた碑の前から立ち上がり、その石の前に近づくと、両手の分厚い掌でそっと、一字ずつなでながらニコニコと何かつぶやいている。息子の頭をなでるように、言って聞かせるように、やさしくそっとおしげさんは碑面をなでつづける。

――おしげさん、本名を倉重朝子。十六歳の時、近在から徳山市の料亭「松政」へ女中奉公に来た。大正十一年のことである。海軍の燃料廠があった徳山は、その頃から海軍の町で、長い伝統を持つ「松政」は、高級士官の定宿として格式のある宿屋であった。ヒゲの将官に、小さかったおしげさんはとてもかわいがられた。

そして二年目、見込まれてある海軍主計兵曹と結ばれた。だがそれもつかの間、わずか一年目に夫は病いのため他界してしまう。一婦二夫にまみえず――あの時代のことである。おしげさんは、悲運のどん底からはい上がると、涙をふりはらい、夫のいた海軍にすべてを捧げようとけなげにも決心した。まだ十八歳の夢多い年だった。おしげさんはこまねずみのように、よく働いた。

大正から昭和に入り、満州事変、上海事変、支那事変、そして太平洋戦争と、恐ろしい戦争のにおいをおしげさんは、絶え間なく職場の「松政」で嗅ぎつづけて来た。おしげさんは、長い年月の間にすっかり海軍の名物になっていた。

「末次（信正）さん、米内（光政）さん、山本（五十六）さん、吉田（善吾）さん、古賀（峯一）さん……」おしげさんの脳裡には、今でもまるで走馬燈のようにキラ星のごとき将官連中の面影がよみがえる。その一人一人にかわいがられた。

やがて戦局は、日増しに苛烈をきわめるようになる。そして昭和十九年に入った時、おしげさんの前に生涯忘れることの出来ないあの回天特別攻撃隊員たちが姿を現わしたのだった。

ところでおしげさんは、勤め先の「松政」の二階の自分の小さな部屋に、不似合いなほど大きな仏壇を祀っていた。島の上の回天碑に毎日は行けないから、おしげさんはここで日夜供養していたのである。『人間魚雷回天将兵の諸英霊』と戒名を施した白木の位牌に向かっておしげさんは、朝な夕なおつとめを欠かしたことがない。どんなに忙がしくても、どんなに疲れていても、最低三十分はお経をあげないと、気がすまないのだという。〝おはよう、きょうもかあちゃん元気でがんばるネ〟〝ぶじにきょうもおつとめ果たしました。お休み〟――こんな言葉を声に出して、いつまでもいつまでも位牌を見つめつづける。

この位牌のある部屋に、一人の回天士官の写真が額に入れて飾ってある。人間魚雷回天を着想し、当初、この必死必中兵器の採用を頑として聞き入れなかった中央に対して、必死に採用方を進言した黒木博司中尉の写真だ。

――黒木中尉は、敗色日増しに濃くなって来た昭和十八年の秋、僚友・仁科関夫中尉と二人で必殺の人間魚雷の構想を練りに練っていた。それは当時、日本海軍が世界最優秀の魚雷としていた軍機兵器・九三魚雷に、自らがうち乗り操縦してめざす敵艦に体当たりをする、という必殺の戦法である。

海軍省も軍令部も、必死を前提とする兵器は採用出来ぬと聞き入れられず、嶋田繁太郎海相にまで強訴に及んだ。黒木中尉は悶々の情もだしがたく、その頃綴った「鉄石の心」という血書日誌の一節にこう書きなぐっている。

昭和十八年十二月二十八日　我切実ノ志ヲ失フ乎、宮城前ニ慙愧

二十九日　不誠不忠

三十日　事不成　神州男子断ジテ屈セズ

三十一日　恥ズ死ノ戦法ニ達セズ、恥ズ正学切友ニ遠シ、恥ズ作輟多シ

昭和十九年一月一日　正学ヲ以テ作輟ナク、自爆以テ死ノ戦法ヲ達シ、誓ッテ皇国ヲ護持セン

昭和十九年初日

だが至情、ついに上層部を動かし『〇六《マルロク》兵器』の秘匿称号で開発が開始された。十九年三月のことである。相次ぐ試作がくり返され、人間魚雷として大改装する九三魚雷をして祖国を起死回生させんとの悲願から「回天」と名づけた。航走性能は十ノットで七十八キロ、長さは十四・七メートル、総重量八トン。直径わずか一メートルの胴体の中は、搭乗員が足を伸ばして床に腰を下ろすようにし、その回りは操縦に必要な装置がびっしりと配置された。頭上にはハッチ、そしてすぐ眼前に上げ下げ自在、約一メートルの潜望鏡がとりつけられた。

潜航、浮上、変進、変速も可能な操縦機能が施されたが、前半頭部には一・六トンものTNT炸薬が装備されたのである。五百キロ炸薬の九三魚雷とは、比ぶべくもない強大な爆砕力を持ったのである。

そして十九年九月はじめ、大津島に回天基地が設けられ、直ちに猛訓練が開始された――。

大津島より死の出撃

昭和十九年九月六日の夜――徳山湾は大しけとなり、周防灘から吹きつけて来る大粒の雨が、おしげさんの部屋の窓をはげしく叩きつけていた。

――その頃、黒木中尉はペアの樋口孝中尉との同乗訓練で回天が故障、海底に突入したまま死闘を繰りひろげていたのだ。すぐ目の前の徳山湾の海底で……。艇は、ついに直らなかった。黒木中尉は、故障の状況を克明に書きつづり、一、事前ノ状況、二、応急処置、三、事後ノ経過、四、所見などの項に分けて事故を詳述し、回天の今後に備えて二千字にも及ぶ文字を書きしるした。絶命するまでおよそ十時間、酸素の欠乏と闘いつつ、苦しい呼吸としびれる手足をこらえつつ、鉛筆で書きつづけたのである。その最後に黒木中尉は、こう綴っている――私は涙なくしてこれを謹写することは出来ない。

…最初ノ実験者トシテ多少ノ成果ヲ得ツツモ充分ニ継続者ニ伝フルコトヲ得ズシテ殉職スルハ洵ニ不忠申訳ナク　慚愧ニ耐ヘザル次第ニ候

恩師平泉先生ヲ始メ　先輩諸友ニ生前ノ御指導ヲ深ク謝シ奉リ候
小官申シ残ス処更ニナク　唯長官　総長　二部長等ニ意見書有之　聊カ微衷御汲取リ下サレ度必死必殺ニ徹スルニアラズンバ　而モ飛機ニ於テ早急ニ徹スルニアラズンバ　神州不滅モ保シ難シト存ジ奉リ候
必ズ神州挙ッテ明日ヨリ即刻体当リ戦法ニ徹スルコト確信シ　神州不滅ヲ疑ハズ　欣ンデ茲ニ予テ覚悟ノ殉職ヲ致スモノニ候
天皇陛下萬歳　大日本帝国萬歳　帝国海軍萬歳

黒木中尉は苦しい息の下でここまで記してから、更に回天が気になるか「追伸」として、応急ブローの設置や舷外灯を設けよなどといくつかの指摘を付け加えている。悲壮な使命感という他ない。絶筆の遺書は更につづく——。

仁科中尉ニ
万事小官ノ後事ニ関シ　武人トシテ恥ナキ様頼ミ候　潜水艦基地在隊中ノ（キ四八期）ニ連絡ヲ頼ミ候　御健闘ヲ祈ル　〇六諸士並ニ甲標的諸士ノ御勇健ヲ祈ル　機五十一期級友切ニ後事ヲ嘱ス（終）

辞世
男子やも我が事ならず朽ちぬとも
　留め置かまし大和魂
国を思ひ死ぬに死なれぬ益良雄が

友々よびつ死してゆくらん
自室紫袋内ノ士規七則ヲ黒木家ニ伝フ　家郷ニハ戦時中云フコトナシ　意中諒トセラレヨ　父上　母上　妹　御達者ニ
二二〇〇壁書ス　呼吸苦シク思考ヤヤ不明瞭　手足ヤヤシビレタリ
〇四〇〇死ヲ決ス　心身爽快ナリ　心ヨリ樋口大尉ト萬歳ヲ三唱ス
所見万事ハ急務所見及至急務靖献ニ在リ　同志ノ士希クバ一読　緊急ノ対策アランコトヲ
一九―九―七　〇四〇五絶筆　樋口大尉ノ最後従容トシテ見事ナリ　我又彼ト同ジクセン
〇四四五　君ガ代斉唱　神州ノ尊　神州ノ美　我今疑ハズ　莞爾トシテユク　萬歳

洋罫紙の、横十三センチ、縦八センチの横長自製手帳に、全文二十一頁にわたってしたためられた黒木中尉の絶筆の遺書はここで終わっている。この血のにじむような文字を最後に、回天の先駆者、黒木博司は死んだ。二十四歳。

「知りませんでした。あの方が、回天の発案者だなんて……。それはおとなしくて、私にも、もうやさしくて……」あの嵐の夜、寝つけぬおしげさんの胸を何度もよぎったどす黒い雲は、黒木中尉のものだったのだろうか。

――この黒木中尉と、おしげさんがはじめて会ったのはその年の早春のことである。かねて顔見知りだった板倉光馬中佐（回天訓練指揮官を兼ねた参謀だったことをおしげさんは後で知った）が、ある日突然「松政」にやって来て玄関口でこう言った。

「おしげ、貴様に頼みがある。今夜、六十人分、スキヤキの用意をしてくれ。肉はなんとかする。準備だけ頼む」——六十人、たいへんな数である。艦隊の人かしら？　おしげさんは首をかしげた。それにしても、あと二、三時間しかない。おしげさんはモンペ姿で町中を飛び回った。スキヤキのコンロを集めなくてはならない。まだ開店前のカフェーを叩き起こし、町の店という店に片端から飛び込み、頭を下げてはコンロを借り集めた。

ある商店のオヤジさんが、おしげさんに言った。「コンロはいいが、台はあるんかい」

無論あるはずがない。頭が錯乱しそうなおしげさんに、そのオヤジさんがいい知恵を貸してくれた。雨戸を台代わりにすればどうだ、というのである。コンロを何度も抱えては飛び出し飛び帰って来たおしげさんは、主人に断わるのももどかしく、「松政」の雨戸という雨戸をぜんぶはずして大広間に運び込んだ。コンロを並べ、座布団を敷き終わったところへ、どやどやと士官たちが入って来た。その中に、黒木中尉がいたのである。短ズボンに長い髪、それに若過ぎる。どの士官も、いつもの艦隊のふんいきとは違う。

（学生さんみたい）ふと、おしげさんはそう思った。それからというもの、時々この若い士官たちは、思い出したようにしては三々五々「松政」へやって来た。だが、あまり酒も飲まないのである。賑やかに、歓談するだけだった。

「艦隊さんですか？」ある日、聞いてみたことがある。子供っぽい顔の士官たちは、顔を見合わせてニコニコするだけで、おしげさんになにも言わない。話すことといえば、故郷《くに》の母のことであり、弟や妹のことだった。お国自慢を、おしげさんに聞かせる士官もいた。そしていつしか、この士官たちは、おしげさんを、恥ずかしそうに「おかあちゃん」と呼びはじめる。

「おかあちゃん、きょうはちっと砂糖を持って来たから、しるこ頼みます」こんな具合だ。おしげさんは、なんだか、この士官たちがうんと年下の弟か、子供のような気がして来た。

そんな頃、黒木中尉は死んだのである。無論その時、回天などという存在のことは夢にも知らない。中尉が殉職したことも、おしげさんは長らく知る由もなかった。

そして、はじめて六十人の集団で若い士官たちが「松政」へやって来てからちょうど七か月目、それは昭和十九年十一月七日の夜のことである。なんの前触れもなく、やはり顔なじみの長井満少将が「松政」にやって来た。同行しているのは十二名の、見知ったあの若い士官たちだった。

回天の発案者・黒木博司中尉

（ただごとではない、なにかある）おしげさんはその時、そう直感した。何本目かの銚子をお盆に載せて広間に近付いた時、「貴様と俺とは」のあの〝同期の桜〟の合唱が、津波のわき起こるように聞こえた。おしげさんの胸をはげしく揺さぶるような、それはかつて聞いたことのない魂こめた大合唱であった。ずっと後になって、若者たちを連れて来た長井少将が、回天隊の総指揮をとった第二特攻戦隊の司令官だったことをおしげさんは知る。

帰島時間が迫った時、若い士官たちは、なごやかな目で〝おかあちゃん〟をじっと見つめた。玄関を出る時、おかあちゃんをニコニコ見ながら、わざとよろけたようにしておしげさんのからだに触わる士官が多かった。虫が知らすのだろうか、おしげさんはその時、士官たちがこのまま姿を消してしまいそうな気がしてならなかった、という。

そして、もしかしたらこの人たちが、町のひそやかな噂で耳にしていた〝特攻〟ではないか？　そうだ、そうに違いない！　と気が付き、おしげさんは愕然とする。知らなかった！　と思わず声が出かけた時、果たして、おしげさんを地獄の底に突き落とすような出来事が起きた。少将が靴をはき終わり玄関に立った時、そっとおしげさんの耳許にささやいたのである。

「あす朝五時、桟橋で大津島の方を遥拝してやってくれ」

恐ろしい、あまりにも恐ろしい声だった。おしげさんは、目の前がまっくらになり、へなへなとそこへくずれ落ちそうになる。

この十二名が、三隻の潜水艦に搭載された人間魚雷・回天にうち乗って、その翌日ウルシーとパラオのコッソル水道になぐり込みをかけた第一回目の回天特別攻撃隊・菊水隊であった。このことが判ったのは、やはりずいぶん経ってからのことである。

——その日、十一月八日、『非理法権天』ののぼりや大軍艦旗を檣頭高くはためかせながら、イ三六潜、イ三七潜、そしてイ四七潜が出撃した。そして、イ三六、イ四七がウルシーに、イ三七がコッソル水道に向かった。

ウルシー泊地には、百隻にも及ぶ敵艦隊と船団が停泊している、という情報を得ていた。潜航に次ぐ潜航で十九日、目標海域に潜入、折田善次中佐指揮するイ四七潜の潜望鏡には、空母、巡洋艦、輸送船が手に取るような所に見えた。視界内にあるだけでも、五十隻以上と同艦長は回想している。一号艇、仁科関夫中尉は艦内で戦誌に、こう書き遺《のこ》している――

「在泊艦無慮百数十隻なり。わが回天使用の絶好の戦機なるに、われらの潜水艦僅に二隻、回天八基のみ。百基の回天あらば……。遺憾の極み」（回天刊行会刊『回天』より）

そのわずか二隻のうちのもう一隻、イ三六潜は突入寸前、四基の回天中、三基が故障して発進不能となった。だがイ四七潜の意気、まさに天をつくものがあった。午前四時、発進点に到達、四人の回天隊員は次々と艦内の交通筒から回天へ吸い込まれていく。

「一号艇発進用意！」「発進用意よしッ、後を頼みます！」仁科中尉は、ともに〇六兵器の実現に身命を賭し、そして殉職していったあの黒木中尉の遺骨を胸に抱いていた。

「用意ッ――発進ッ！」ガリガリという電話線の切れる音を今生の最後に、仁科中尉は突進して行った。三号艇、佐藤章少尉が、ついで四号艇渡辺幸三少尉が、そして最後に二号艇福田斉中尉が、それぞれに別れの雄叫びをイ四七潜に残し、飛び出して征く。この間およそ三十分。

イ四七潜は直ちに急速浮上して発進地点を離れ、敵の反撃を覚悟の上で息をひそめ、突入方向を凝視しつづける。夜が明けはじめ、気が気ではない。突然、泊地に大火柱が噴き上がった。五時七分。一号艇発進以来、じつに一時間近くも執拗に敵艦を狙い定め、潜航しつづけたのだ、回天隊員たちは……。

四、五分後、さらに第二の火柱が、そしてしばらくして三発、四発目の轟音が轟いて来る。めざすウルシー泊地は、地獄の火の海と化したのだった。一方、イ三六潜は、前述したように三基の回天が発進不能となり、三号艇、今西太一少尉だけが発進している。今西少尉は、他艇の発進不能を知ると、乗り込んで発進を待ち構えていた艇内から、何度も電話で「では自分の艇だけでも早く発進させてくれ」と、必死の催促を繰り返したという。

ついに寺本巌艦長の決断で発進、その直後イ三六潜は、敵艦隊や哨戒機から百数十発もの爆雷を浴びる中で見守りつづけ、およそ一時間後、泊地方向に爆発音をとらえた。この時、イ三六潜に座乗していた第十五潜水隊司令・揚田清猪大佐は、後日菊水隊作戦の経緯を、天皇陛下に奏上申し上げたところ、「前途有為の青年将校たちを大勢亡くして、まことに哀悼に堪えない」という、恐れ多いお言葉を拝したということである。

とくに菊水隊のもう一隻、パラオに向かったイ三七潜は不幸にも回天攻撃の前日、敵駆逐艦二隻の猛攻を浴びて悲壮な最期を遂げている。回天隊員たちの想いは、如何ばかりであったろうか。あの出撃の前夜、おしげさんに〝おかあちゃん〟と恥ずかしそうに甘えた隊員たちは、こうして皆死んだ。前途有為な若者たちであった。その経歴を見ても、海兵は仁科中尉、海機が福田中尉、そしてあとはたとえば今西少尉が慶大経済、佐藤少尉は九大法文、渡辺少尉は慶大、パラオに没した宇都宮秀一少尉は東大法科などというように、今、生きていたら各界のリーダーになっていたに違いないと思う人ばかりである。

あとにつづいた回天隊員たち、すべてがそういった若者だったのだ。おしげさんに、これでお別れという時、彼らはどんな胸の内だったかと思うと、心は張り裂けそうになる。

ところで、この第一回目の回天特攻では、ウルシーに今なお未確認のままの戦果を残しているようである。その中で、確実に現認されているのが、二万三千トンの油槽艦ミシシネワの撃沈だった。資料に拠れば、同艦は米第三十八機動部隊の艦艇に補給するため、重油八万五千バレル、ディーゼル油九千バレル、航空用ガソリン四十万五千ガロンを満載していたという。黎明の泊地に突如起こった大爆発で、米側に大恐慌を来したことが、米戦史にも明らかだ。

回天出撃はそれ以後、殆ど毎月のように敢行された。訓練も並行してはげしくなる。洋上を零式水上偵察機で飛びながら、隊員の潜航訓練を見守った小野尊上等飛行兵曹は、「突然、白い航跡が見えなくなり、それきり浮上して来ない」艇を何度も見ている。

十一月、十二月そして一月と、瀬戸内の海も海面は荒れ狂う。だがいくら荒れても訓練は休むことがない。小野上飛曹は、自分の機が暴風雨の危険にさらされるのも忘れ、機上から眼を血走らせて航跡を見つめつづける。艇が岩や岩礁に近づくと発音弾を投下して知らせる。だが、それに気付かぬのかそれどころでないのか、艇はお構いなしに訓練続行中——激突寸前に艇のぶじな姿を視認、という繰り返しで、彼は身の痩せ細る思いをしたようである。だが殉職者は相次ぎ、終戦の直前までに十五名が襲撃訓練中に目標船に激突、あるいは触雷したりして水中に散華している。

これは後日のことになるが、終戦になって二人の回天隊員が壮烈な自決を遂げた。一人は橋口寛大尉（二十二歳）、そしてもう一人は松尾秀輔中尉（二十一歳）である。終戦の詔勅を拝し、回天出撃の機を失った責任を一身に、搭乗出撃を待っていた回天の前で自決し果てたのである。

おしげさんを母代わりに

ところで、回天で出撃する隊員たちはその三日前の夜、必ず「松政」へ来て最後の別れの盃を交わすのが恒例となっていた。しかし当時まだ二十歳前後の青年が殆どだったので、酒は欲しがらなかった。欲しがるのは、おしげさんの〝愛〟である。

「ひざにもたれたり、抱いてくれって言ったりして……」まだ、中にはうぶ毛もとれない隊員たちは、おしげさんに甘えつづけたようである。

「かあちゃん、お願いがあります。白いマフラーをつくって下さい」ある隊員が出撃前、おしげさんにこんな注文を出した。海軍航空隊の神風のパイロットたちが、首に巻きつけるあれが欲しい、というのである。おしげさんは、大事にしまっていた絹地を惜しみなく引き裂いて、マフラーをつくってやった。だがそれを見た出撃隊員たち、自分も自分もとあとからあとからねだられ、絹地は底をついた。

三日後、出撃するはずの隊員たちがいた。町中かけずり回ったが、すでに切符制のその頃、ましてぜいたく品の絹などあろうはずはない。足を棒にし、最後に寄った松下デパートで、おしげさんは店員に食い下がった。だが、ないものはないのである。

そこへ社長が現われた。「社長さん、どうしても絹がなければ困るんです」おしげさんの声は、殆ど悲鳴に近かったそうだ。何に使うのかわからなかったが、社長さんは気魄に打たれた。とっておきの一反が、おしげさんの胸にひしと抱かれる。わけもなく、涙がこぼれ落ちた。

出撃隊員たちは、心の底から尽くしてくれるおしげさんに、故郷の母の面影を偲んだ。最後の夜、自分の母に託すその思いをおしげさんに託し、安心して死んでいったのである。

〝おかあちゃん〟と、おしげさんをそう呼ぶことで、隊員たちは、心の安らぎを得た。

菊水隊につづき、第二陣として出撃した金剛隊は、イ四七潜がホーランディア海域に、イ三六潜がウルシーに、イ五三潜がパラオ・コッソル水道に、イ五八潜がグァム島に、そしてイ四八潜がウルシーにと、それぞれ回天四基を搭載、相次いで出撃して二十三名が散華している。そして第三回目の出撃、イ三六八潜・イ三七〇潜で編成された回天隊は、千早隊という名で編成され、死闘を繰りひろげていた硫黄島沖に向かった。昭和二十年二月二十日のことである。そして二十名が散華した。

その中に、芝崎昭七という二等飛行兵曹がいた。北海道の農家に生まれた末っ子で、旭川商業在学中に予科練へ入り、突入した時はまだ十八歳の少年であった。出撃三日前、「松政」へやって来た彼は、おしげさんにこんなことを言うのである。「おかあちゃん、聞いて欲しいことがあります」「おかあちゃんで聞けることはなんでも聞くよ。言ってみなさい」おしげさんは、じっと芝崎二飛曹のつぶらなひとみを見つめる。「かあちゃん、詩吟を聞いてよ。国を出る時、母ちゃんにも聞かせたから……」顔を真赤にしながら、ろうろうと吟じ出した。（私が、聞いてあげなければいけない。芝崎さんは今、母親の前にいるのだ）おしげさんはまばたきもせず、この紅顔の少年の顔を見守る。見守りつづける。おしげさんは、子供を生んだことがない。でも、母親の気持ちがよくわかった。息子の願いが、いたいほど胸を衝いた。

戦後になって、はるばると北海道からその彼の老母が徳山を訪ねて来たことがある。その時、詩吟の話が出て二人は、手をとり合って泣いたそうである。おしげさんは、芝崎二飛曹が出撃前夜、母に宛てた遺書の中に次のような一節があったのを、その時知った。

「……母上が日ごろ御教訓下された如く、『純忠に死すは大孝に生きる』ことと存じます。母上様、大義に生きんとする鎧兜の若武者が、恋しきふるさとの母上に思いを馳せることはいけないことでしょうか。しかし、私は一切の私情をなげうって征きます。私が甲種飛行予科練習生として入隊するとき、御激励下さいました母上の御心境、また土浦海軍航空隊を卒業のとき、私の最後の詩吟をお聞かせした際、『予科練習生を見る時は皆な吾子と見ゆる』と言われたときの御心の裡を察しますとき、何故ひとり昭七のみ郷愁に耽ることが出来ましょうか。母上に負けざるよう、笑われぬようやります……」

若い隊員たちはその頃、もう髪の毛も刈らず、ひげも剃らなくなる者が多かった。身体髪膚《はっぷ》これを父母に享く——一毛一髪といえども、親からさずかったものはすべて身につけたまま死んでいきたかったのだろう、と、おしげさんは言う。「松政」で最後の訣別をしてから回天隊員たちは、出撃までの三日間、大津島のバラック作りの搭乗員宿舎で大半の者がまったく一睡もしなかったそうである。隊員たちの世話係をしていた毛利勝郎魚雷技官が、早く寝るように注意すると、この真暗闇の三日間が、残された私の全人生なんです、と言って、どうしても言うことを聞かなかったという。そして隊員たちは、その間に、思いのたけをこめて最期の遺書を書き綴っている。

回天特攻の第六陣、天武隊の一人として沖縄に突入した柿崎実中尉は、家族宛ての他にこんな遺書をおしげさんに書き残している。

「おしげさん、母のような気がしてなりません。抱いて下さった時は感無量でした。誰にも負けず、しっかりやります。子分共も一騎当千のつわものぞろいです。私は幸福者です……」

回天隊が出撃すると、おしげさんのところへ袋をたずさえた公用使が島からやって来る。袋の上には「おしげ殿」と大書してあり、その中にかずかずの遺品、遺書がおさめられているのである。彼らは、この世の最後の別れを、母なるおしげさんに託したのだ。

おしげさんはその頃、ずいぶん痩せたようである。口にこそ出さないが、泣かない夜はなかったろう。抱いてやっても、膝枕をしてやっても、七十二時間後には必ず死地へ向かうのである。母なら止めたい――そう思っても、戦争にさからうことは許されぬ。笑って送れるはずはなかった。でも、涙を見せてはいけない。笑顔で征くわが子を、笑顔で送り出さなければならなかった。おしげさんは、夜の徳山の町の中に、隊員の姿が見えなくなると、二階にかけ上がり胸をかきむしって、泣きに泣いた。

一度出撃し、艇が故障して帰って来る隊員がいた。作戦海域まで出て命令が変更し、二度も三度も基地へ戻される隊員たちもいた。おしげさんに遺書を残した、前述の柿崎中尉もそういった一人である。中尉は、第二回目の回天特攻・金剛隊でイ五六潜でアドミラルティに向かい、ついで第四回目の神武隊ではイ三六潜で硫黄島に向かったが、いずれも発進の機を得られぬまま基地に帰投している。そして今度は、沖縄になぐりこみをかける多々良隊の一員として、前二回とも共に無念の帰投をした五人の仲間と一緒にイ四七潜で出撃した。ところが、豊後水道を出たばかりのところで敵駆逐艦のレーダーに捕捉され、連続二十一発もの爆雷攻撃を浴びて艦は損傷を受けてしまったのだ。柿崎中尉は、作戦中止基地帰投と決せられると、形相すさまじく沖縄突入を艦長折田善次中佐に迫っている。

「……今度の帰投で三回目、このままおめおめと生きて基地に帰るくらいなら、いっそ思い切って自決したい……」。隊長である立場をよそに、ついに三度目の帰投をせざるを得なくなった同僚、部下――前田肇中尉、古川七郎上飛曹、山口重雄一飛曹らとともに激昂したのだった。

そして約二週間後、修復成った回天戦歴戦のイ四七潜に再び搭乗、柿崎中尉以下同じ六名の回天隊員が、沖縄に再度突入する天武隊の先頭を切って出撃した。四月二十日のことである。それから会敵するまでの約十日間というもの、中尉たちの生き様はまことに壮烈なものであったらしい。折田艦長は云う――

「……これらの武運に恵まれぬ隊員たちは、心中おだやかならざるものがあったのも、察するにかたくない。だが、決してフテくされるようなぶざまな態度は示さなかった。それどころか、無為な艦内待機はもったいないと、連日士官室で机上襲撃訓練に余念がなかった。一生にただ一度、しかも絶対死の突撃のために、一刻も惜しんで修練に励んでいたのだ。桜花のごとく散ることのみを、無上の目的として悔ゆるところなかった彼らの益良夫ぶりに、私は幾たび人知れず涙をぬぐったことであろうか」（前出「回天」より）

こうして五月二日九時――回天戦の時は来た。聴音室が音源を捕捉し、潜望鏡に大型駆逐艦一、大型輸送船二をつかまえたのだ。

「一号艇（柿崎中尉）、三号艇（山口一飛曹）発進用意！」「第一目標輸送船、第二目標駆逐艦、会心の命中を祈る！」

「ありがとうございます。後は頼みますッ」柿崎中尉はそういった一声を残し、電話線をひきちぎって突進して征く。そして約二十分後、艦をゆさぶる大爆発音がつづけて聞こえた。

そして、ともにこれが四回目の出撃となった古川上飛曹、そして前田中尉も目標艦に必中体当たりして散華していった。
久家稔少尉、という大阪商大出身の予備学生がいた。昭和二十年六月三十日、回天でマリアナ海域に突入した若き士官である。
その作戦の時のことだ。轟隊として編成されたイ三六潜の六名のうち、戦友三名が艇の故障のため大津島へ引き返さなければならなくなった時、突撃直前こんな手紙を久家少尉は潜水艦長に託した——。

基地隊の皆様へ。艇の故障で、また三人が帰ります。いっしょにと思い、仲よくしてきた六人のうち、私たち三人だけが先に行くことは、私たちとしても淋しい限りです。皆さん、お願いします。園田（一郎）、横田（寛）、野村（栄造）、皆はじめてではないのです。二度目、三度目の帰還です。生きて帰ったからといって、冷たい目で見ないで下さい。園田は故障で出られないとわかった時、帰りたくないといって士官室で泣いておりました。園田の気持ちは私には分かりすぎるくらい分かります。この三人だけは、すぐまた出撃させて下さい。最後には、ちゃんとした魚雷に乗ってぶつかるために、涙をのんで帰るのですから、どうか温かく迎えて下さい。お願いします。先にゆく私には、このことだけがただ一つの心配ごとなのです。

こういう戦友を想う心を、最後の最後の時まで抱きつづけ、そして突入していった久家少尉も、じつはその半年前、つらい体験を経ているのだ。金剛隊に編成されてイ五三潜でパラオに向かった時、敵泊地の水道入り口でいざ発進という折も折、三号艇・久家少尉の回天は、艇内にガス漏れが起こり意識不明となった。

イ五三潜はその時、すでに一号艇、二号艇、四号艇を発進させていたが、数隻の敵哨戒艇に発見され猛進して来るのが目に入った。その中を、必死の救出作戦が行なわれて人事不省の少尉をハッチから担ぎ出した。艦内で、辛うじて意識をとり戻した久家少尉は、「ひとりおめおめ戻ることは出来ません。どうか早く発進させて下さい！」と号泣しつつ訴えつづけたという。昭和二十年一月十二日のことだ。

こうして悶々《もんもん》たる思いの中を基地に帰投し、ようやくその半年後に死に場所を得て、マリアナ東方海上で敵艦に体当たりして散華したのであった。そういう少尉だけに、あの出撃の直前、とり残されて帰っていく戦友たちの胸中が痛いほど判っていたのだと思う。悲壮、といわなくてなんであろうか。

予科練出身の横田寛一等飛行兵曹も、久家少尉が書いた、とり残された一人だった。三度出撃し、三度とも戻るという悲運の隊員であった。

大津島から連絡船に乗って、悄然とおしげさんのところへ現われた横田一飛曹は、壁を見つめたまま黙して語ろうとしなかった。おしげさんは、彼をじっと見守りつづけた。

「横田さん、おかあちゃんの目を見なさい」

ハッとするような、きびしい声だった。彼は、胸のつかえがいちどに吹き飛ぶ気がした。

「かあちゃん、――征《い》きます」

「元気で、いきなさい！」

おしげさんは、彼の両肩をわしづかみにして強くゆさぶった。横田一飛曹は、何か月ぶりかに平素のやんちゃな子にもどり、かあちゃん、かあちゃんと帰るまで甘えつづけた。

「もう、かあちゃんの前へ出ると安心しちゃうんです。絶対なんだな。これで安心していける、と思った……」その時の心境を、横田さんはこう言っていた。だが、間もなく終戦、ついに横田さんに出撃の機会は二度と来なかった。彼は戦後、亡き回天戦友の遺族のお世話をし、生き残り隊員との交流に奔走し、おしげさんを励ましつづけて来た。だが死に残った者に、心から晴れ晴れとする思いをすることは少ない。横田さんたちのような、死からの生還者にとって、戦後は悲しい歳月なのである。そして、そういう彼らを知るおしげさんにとっても……。

——回天戦は、終焉に近づきつつあった。その戦いの最後を飾ったのは、多聞隊に編成されたイ五八潜の回天が、あの原爆を運んだと云われている重巡インディアナポリスを沖縄海域で撃沈したことであった。昭和二十年七月二十八日のことである。だが、戦局ついにわれに利せず、世界に例を見ない必死必中の人間魚雷・回天特別攻撃隊は、百三十八柱の若く尊い命を国に捧げて、その終わりを告げた。

〝この岩か、寒かったろう！〟

そして敗戦の日。

おしげさんは、その事実を素直に信じることが出来なかった。気も狂わんばかりだった。

(私だけ生きている)そう思うと、五体が張り裂けそうだった。

生き残った隊員たちと、大津島へはじめて舟で渡った。もえるような草のにおいの中に、つい昨日までわが子たちが寝泊りしていた貧しいバラックがあった。その前の広場で、別離のうたげを張ったと聞かされた時、おしげさんはかわいた土の上に倒れかけた。

その時、おしげさんは生き残り隊員たちと固い約束を交わしたのだった。十一月八日――それは回天第一回出撃の日だが、十年後の十一月八日、必ずここで落ち合おう、それまで私が、この大津島のお守りをします――そういう約束だった。

やがて十年の歳月が過ぎ、その日が来た。おしげさんは前夜からまんじりともしなかった。朝五時頃、奥さんと子供の手をひいた一人の隊員が「松政」に飛び込んで来た。

「かあちゃん!」血の出るような叫びだった。子供が目を見張って、抱き合い泣きくずれる二人をけげんそうな面持ちで見つめていた。そこへ、生き残りの隊員たちが、ぞくぞくと集まって来た。三十名にも及んだろうか。おしげさんの胸の中に、十年前のあの日々のことが一瞬によみがえった。(まるで、あの出撃の前の日みたい)こみあげて来る嬉しさと悲しみが交錯し、気も動転せんばかりであった。そして大挙して大津島へ渡り、荒れ果てた廃墟の中で、彼らは回天碑建立を決意したのである。

おしげさんが音頭をとったのは、いうまでもない。地元の有力者にも呼びかけた。そういう中に、石油工場をこの地に経営していた出光佐三氏がいた。氏はおしげさんから、壮烈な若者たちの最期のことを聞き、「これはこのままにしておけない。出光の工事が出来たのも、祖国の礎となられたこれらの勇士の方がたのお陰だ。東京に帰ったら一人でも多くの人たちに、この真実を伝えなければならない」と、襟をただしてそう言ったという。そして、大津島に記念の若桜の苗木を数百本も植えてくれたのも、出光氏であった。

こうして昭和三十六年三月、立派な回天碑が完成した。おしげさんは、はるばると訪れて来る遺族たちを、この島の碑の前に案内しては、「立派にお征きになりました。しっかりお送りさせて頂きました」と、最後の姿を伝えつづけて来た。おしげさんの目の中には、胸の内には、あの時マフラーをせがんだ、そして膝枕をしてやった少年たちの姿が、しっかりとやきついている。母親代わりを、実の肉親に劣らぬ切ない気持ちでつとめてくれたおしげさんの前で、遺族は泣きくずれるばかりであった。

敗戦になって十数年が経った頃、阪本勝兵庫県知事（当時）が、ひょっこりこの地を訪れて来たことがある。ご令息の宣道君は、回天搭乗員として訓練中、壮烈な死を遂げている。

終戦の年、四月七日のことだった。光基地沖で潜航訓練中、岩に回天が激突して沈没、艇を引き揚げてみると、操縦桿にぶつかった宣道君の頭がザクロのように裂けていたという。当時、海軍当局からは、殉職後だいぶ長い間経ってから遺族に通知がもたらされた。阪本さんはそのことをひどく恨み、息子の死をなんと心得ているか、と激昂したという話が伝えられている。東京の青山学院中学在学中に予科練へ入った宣道君は、その時まだ、十八歳の少年だったのである。

阪本宣道一飛曹は、回天で突入する心境を和歌に託し、死の直前両親に送っていた――

今日よりは神に誓ふてあだ討たん

くやしみ死にしますらをのため

うつせみのかろき命と思へども

父母君の悩み悲しも

戦後、宣道君のことを口にするのは、阪本家では長い間タブーだったらしい。じつは阪本さんの来島直前、前述の毛利勝郎氏が生前の宣道君のことを遺族に伝えようとして、阪本家を訪ねたことがある。だが、阪本さんは、会いたがらなかった。奥さんが気の毒がって応待に出て来たが、「主人は、宣道がよほどかわいかったんでしょう。宣道のことを言うと、ご機嫌が悪くなるのです」と、目がしらを押さえたそうである。

毛利氏が帰ったあと、奥さんは阪本さんに言ったらしい、いちど宣道のところへ行って来たら……。そうして、宣道君殉職後十六年ぶりに阪本さんは、来たのだった。小舟がだいぶ進んだ頃、横なぐりの雨がひどく降って来た。

「あの岩です」しゅう雨にけむる彼方を毛利氏が指すと、阪本さんは頬をひきつらせた。荒れ出した波で、その岩に小舟を横付けにするのは大変だった。そして、阪本さんは、こらえ切れなくなったのか、ともの方から一気にその岩に飛び下りた。そして、息をはずませ、

「こいつか、この岩か。宣道！　寒かったろう、お父さんが来たぞ……」と、叫んだという。

嵐を告げる咆哮が、岩に立ちすくむずぶ濡れの阪本さんのからだを包んだ。その夜、阪本さんは思いつめ、張りつめていた心がゆるんだのか、長い禁酒生活を破って、気持ちよさそうに何杯も何杯も、盃をかさねた。そして、電話を自宅へ入れ、奥さんを受話器に呼び出した。「宣道に会ったよ」そうひと言、言ったきりハラハラと落涙して、あとは声にならなかったという。その夜、おしげさんは、ひっそりと見送るつもりで徳山駅に行った。傷心の父親が、気の毒でならなかったのだろう。だが発車まぎわ、阪本さんはかけ寄って来るとがまんし切れなくなったように、おしげさんにむしゃぶりつき、
「本当に、宣道がお世話になりました。有難う、宣道のことを本当に有難う……」二人とも、駅頭で抱き合ったまま、また新たな涙にくれるのだった。「童顔の、かわいい子でしたよ。親思いの、ほんとにやさしい子供だった……」おしげさんは、声をつまらせてそう言う。

ところで、山口県下で国体が開催された昭和三十八年秋のこと、皇太子殿下御夫妻が「松政」に宿をとられたことがある。おしげさんは、選ばれてご接待役をつとめることになったのだが、お二人が到着されたその夜、もったいなくて一晩中、回天勇士の名を刻んだあの仏壇の前に坐りつづけていた。

すでに、回天とおしげさんのエピソードは侍従が御夫妻にお話してあったらしく、「松政」ご出発前、正式に「この人が、おしげさんです」と、侍従が耳打ちされたところ、皇太子殿下は、深いまなざしでおしげさんをじっと見つめられ、「ありがとう……」と、しみ入

るような声でそう言われたという。

——回天生き残りの人たちは、自分のことについては全然といっていいほど語りたがらない。しかし、その人たちがひとたびおしげさんのこととなると、まるで人が変わったように、倦《う》むことなく語りつづけるのである。私は、おしげさんと大津島でお会いした直後、ルポルタージュとしてまとめるに当たって、誤りのないように、生き残りの三人の人たちに原稿を見てもらった。読み進むうちに、気がついてみると、三人の眼からは熱い涙がとめどなく流れ落ちていた。

私は、この人たちとおしげさんの固い心の結び付き、そしておしげさんにつながる亡き戦友への深い思いというものを、痛いほどにその時、感じさせられたのだった。

おしげさんは、「これからの残された人生も、亡くなった回天の息子たち百三十八人と、生き残った四百余名のために命ある限り尽くそうと考えているようだ。私がお会いした何年か前、おしげさんは接客業日本一の栄えある厚生大臣表彰を受けた。しかし、おしげさんはそういう晴れがましいことを好まない。少しも嬉しくない。

嬉しいのは、回天のことが少しずつ戦後の人たちにも認識されて来て、大津島へ渡る若人たちがふえて来たことである。そして、チリ一つない、雑草一本ない静寂な公園が、回天碑の回りに出来たらな、と思う。もし、「青年の家」でも出来たら、おしげさんは目を輝かせて、これからの日本を背負う若者たちのために、それこそ身をすり減らしてでも世話する苦労を惜しまないだろう。

おしげさんとは、そういう人なのである。

＊

——そのおしげさんも、今は七十歳を半ば過ぎた。十六歳の少女の時から働き通しだった思い出の「松政」を、仲居総取締役を最後に去り、今は故郷山口の静かな田園の中で、自然を友に過ごされている。そういうおしげさんにとって、なによりの心の拠りどころとなっているのが、あの「松政」の二階の自室に祀っていた『人間魚雷回天将兵の諸英霊』の位牌である。

この回天の御霊を、同じく部屋の一隅にお祀りしておしげさんは、朝な夕なに回向《えこう》しているのである。おしげさんは、今もこうして百三十八人の息子たちと過ごしている。それが、おしげさんの生き甲斐であり、生涯のおつとめ、とされているに違いない。生き残り隊員や遺族たちとの、折り節の交流もこの上ない楽しみ、ということである。回天とともに生きつづけて来たおしげさんの、長寿多幸を祈るや切である。

〔編集部注：おしげさんこと倉重朝子さんは、昭和六十年（一九八五年）二月二十二日逝去された。享年七十八〕

第二章　われ降伏を拒否す

慟哭の島、硫黄島へ再び

硫黄島返還の日に

私たちを乗せた硫黄島行き一番機、海上自衛隊のP2V対潜哨戒機4649号機が、しずかに高度を下げはじめた時、波ひとつない紺ぺきの海原《うなばら》のその果てに、白く平坦な島影が、幻のように見えて来た。

レシーバーに、〃イオージマ、イオージマ……〃と、はずんだ声が飛び込んで来る。思わず立ち上がり操縦席に近づくと、その前方に刻々と迫って来るその島は、白く、まばゆく輝いていた。島の右側に、こんもりと灰色の隆起を見せているのは、あのスリバチ山であろうか。千葉・下総基地を離陸してすでに三時間半、私はP2Vに便乗して太平洋をまっしぐらに南下、千二百余キロを飛んで来た。

硫黄島に上陸する米海兵隊

日米死闘のあの戦争が終わって二十三年の歳月ののち、新しく再び日本の領土となって歴史の一頁が開かれようとするその日、かつて数万余の将兵らの屍に血ぬられた硫黄島は、その悲惨と慟哭《どうこく》を忘却のかなたに押し流したかのように、しずかに、そして平和なたたずまいを見せていた。

硫黄島返還の日、それは昭和四十三年（一九六八年）六月二十六日のことである。

乗機は、島中央に細く切り開かれた滑走路にドーンとランディング、ライフ・ジャケットをはずし降り立つと、灼熱の孤島――そんな形容がぴったりするほど酷熱の陽差しが、じりじりと照りつける。気温三十三度、白い滑走路、そして白いカマボコ兵舎が目にしみ込む。米軍司令部前に、横に長く貼られた白布に、〝ようこそ硫黄島へ〟という墨文字が躍っていた。

その下で、米軍輸送機に搭乗して先着していた内外記者団が、汗をぬぐっている。ポールには、もう間もなく降ろされようとしている一りゅうの星条旗が、へんぽんとまばゆい青空にひるがえっている。純白の制服に身を包んだ日米両海軍のつわものたちが、そのポールの下に集まって談笑している風景が印象的だ。

滑走路の先に、どす黒い肌を見せているスリバチ山――硫黄島の悲劇の幕が切って落とされたその山は、あの時の米軍の猛砲撃のために、山の形が変わってしまったとさえ聞く。その山の頂きにも、もうすぐ日の丸の旗が掲げられる。なにもかも、敗戦後の長い歳月の果てに、今ようやく祖国のいぶきがよみがえろうとしている。

返還式に先立ち、米軍のスリーコーターズ車（3/4トントラック）に乗って、スリバチ山へ向かった。

鉄板の腰掛けも手すりも、焼けつくほどに熱かった。頂上まで、切り開かれた一本の道は、ところどころ亜硫酸ガスが噴き出し、硫黄がうみのように流れて決潰していた。名も知れぬ草が、大蛇の匐うようにその道に身を乗り出し、悲しくも何かを語りかけるようである。

むせかえるような硫黄の、においがただよう頂きの突端に、米軍の戦争記念碑が建っていた。その後背に青々とひろがる東海岸、白い渚《なぎさ》が果てしなくつづくその海は、まるであの時がうそのように静まり返っていた。

——二十三年前、雲霞のような大軍が、ここから上陸して来たのだ。

硫黄島を攻撃する米軍は、ミッドウェー海戦の英雄・スプルーアンス海軍大将麾下《きか》の第五艦隊が、水陸両用作戦総指揮官ターナー海軍中将のもと、空母十六隻を中心に艦艇四百九十五隻（乗員二十二万）、航空機千百七十機、さらに海兵隊司令官スミス海兵中将指揮する精鋭三個師団約七万余の大兵力。攻撃に先立ち、フォレスタル海軍長官はサイパン島の作戦基地に赴き、従軍記者団にこう言った——「この島は、戦闘部隊の武力と、さらに人間の意志と勇気とによって攻略する他はない」と。

硫黄島こそは、米軍がB－29重爆撃機の日本本土爆撃計画を成功させるために、絶対不可欠の島だったのである。なぜなら、硫黄島に設置されたわが日本軍の電波探知機は、B－29爆撃機隊の来襲を本土に対して警告することが出来たからであり、米軍は絶対にこれをつぶさなければならなかった。同時に、この島を手中にすれば、B－29爆撃機隊を掩護する長距離戦闘機群にとって、絶好の前進基地となるからであった。

硫黄島こそは「じつになくてはならぬ島」であったと、米国の著名な軍事記者ロバート・シャーロッドは述懐している。

この必死の米攻撃軍を迎え撃つのは、小笠原兵団長兼第百九師団長・栗林忠道中将の指揮する陸軍部隊一万五千余――その編成は、司令部の下に混成第二旅団、歩兵第百四十五連隊、独立混成第十七連隊第三大隊、戦車第二十六連隊、独立機関銃第一・第二大隊、独立速射砲第八・第十二大隊、中迫撃第二・第三大隊、独立臼砲第二十大隊……とこう列挙すると、いかにも大兵力のようだが、装備は戦車わずかに二十三輛、火砲も約六十門という微々たる兵力に過ぎなかった。それに海軍部隊約七千五百の、計二万三千たらずの兵力がこの島の死守についていたのだ。

米軍は最初の三日間、この島に猛烈な艦砲射撃を加えつづけた。一日に叩き込まれた巨弾の数は、優に八千発を超えたと伝えられている。上空からは一日に平均延べ約千六百機の艦載機が、繰り返し繰り返し銃爆撃を浴びせかけた。

海兵隊が西岸に殺到して来た。日本軍の反撃は、ふしぎになかった。三日後の昭和二十年二月十九日、約七万の海兵隊が東海岸一帯にわたって挺身上陸を敢行した。攻撃は、成功するかに見えた。

だが、この上陸の時を満を持して待ち構えていたわが日本軍が、一斉に銃火を開いたのだ。

〝地獄の海岸〟と化したのは、まさにこの瞬間だった。

栗林兵団は、おびただしい鉄量の前に肉弾奇襲を敢行、難攻不落の洞窟陣地と地下要塞に立てこもって米軍を悩ましつづけた。日本軍の屍の上に、海兵隊員の屍が山をきずき、その上にまた日本軍兵士が斃れるという、地獄さながらの様相であった。二週間経った時、硫黄島守備隊は三千五百たらずに減っていたが、頑として降伏しなかった。スリバチ山はすでに陥ち、連絡網は途絶えはじめていたのだが、その時まで、ただの一兵も降伏することを拒んだ。そして——

(胆参電第四二七号)

戦局最後の関頭に直面せり。敵来攻いらい将兵の敢闘は真に鬼神を哭かしむるものあり。とくに想像を超えたる物量的優勢をもってする陸海空よりの攻撃に対し、宛然《えんぜん》として徒手空拳をもってよく健闘をつづけたるは、小職みずからいささか欣びとするところなり。

しかれども、あくなき敵の猛攻にあいついで斃れ、ために御期待に反し、この要地を敵手にゆだぬる他なきにいたりしは、小職のまことに恐懼《きょうく》にたえざるところにして幾重にも御詫び申しあぐ。いまや弾丸尽き、水涸《か》れ、全員反撃し最期の敢闘をおこなわんとするにあたり、つらつら皇恩を思い、粉骨砕身もまた悔いず、とくに本島を奪還せざる限り皇土永遠に安からざるに思いいたり、たとえ魂魄《こんぱく》となるも誓って皇軍の捲土重来のさきがけたらんことを期す。ここに最後の関頭にたち、かさねて衷情を披瀝するとともに、ひたすら皇国の必勝と安泰を祈念しつつとこしえに御別れ申しあぐ。なお父島、母島などについては同地麾下《きか》将兵いかなる敵の攻撃をも、断乎破摧《はさい》しうるを確信するも、なにとぞよろしく御願い申しあぐ。終わりに左記駄作御笑覧に供す。なにとぞ玉斧《ぎょくふ》を乞う。

国のため重きつとめを果たし得で
　矢弾尽き果て散るぞ悲しき
仇討たで野辺には朽ちじわれはまた
　七度生まれて矛《ほこ》を執らむぞ
醜草《しこぐさ》の島に蔓《はびこ》るそのときの
　皇国の行く手一途に思う

栗林中将

大本営に宛てた訣別の電報は、発信された。最後の斬り込みが、その日から随所に繰りひろげられた。そして米軍上陸以来二十六日目の三月十七日、その真夜中に栗林師団長は、全軍に最後の総攻撃の命令を下した。

そしてこの日が、わが硫黄島守備隊の組織だっての抗戦、最後の日となったのだった。わが軍は、のちに辛うじて生き残った数百名を除き約二万二千余名が戦死した。そして米軍は、七万余の大兵力のうち、死傷者二万二千九百余名を出し、護送用空母撃沈破二隻、大型空母撃破一隻、巡洋艦はじめ艦船の撃沈破五十五隻に及ぶ――。

死の壕の中で

スリバチ山の頂上から見下ろす海岸線は、そんな惨烈な戦火が交じえられたとは本当に信じられぬほど、しずまり返っていた。人ひとり、舟一そうさえ、そこに見つけることは出来なかった。展望する島一帯は、じりじりと灼きつける南国の太陽の下に、緑と白い土とそして黒い岩肌の、〝小島〟にしか過ぎなかった。

だがスリバチ山を降り、海岸線に近づいてみると、渚からわずか二十余メートルたらずのところに構築されたわが軍のトーチカ陣地が、赤黒く焼けただれて、ぶきみな銃眼をのぞかせているのが目に入った。そしてその周囲には、無数のどす黒い榴弾、機銃弾がむき出しのまま転がっており、おびただしい薬莢《やっきょう》が散乱していた。

〝危ないぞ、よせ!〟――誰かの叫ぶ制止をよそに、手にとってみると焦げるほど熱く、錆びついた弾頭がボロボロくずれ落ちた。

黒い砂浜の反対側は、白いけむりを噴きあげる硫黄でいっぱいだった。ネムのしげみが、その白いけむりの向こうで、くすぶって見える。北地区の丘の上に、粗末な木の慰霊碑が二本、三本……水をかける人もいないまま猛暑の中に立っていた。

そのすぐわきにあるコンクリートの小屋は、通信隊の陣地だったという。刻々と迫って来る米機動部隊を見張り、海岸を偵察しては打電しつづけていたのだと聞く。そこも熾烈な砲撃を浴びた。

かつて千余の住民が住んでいた東部落の跡も、今は朽ち果てた巨木が無情にたおれているばかり。そして、わが軍の兵士たちが、最後の最後まで立てこもった無数の壕の中には、まだ殆どのご遺骨が瞑《ねむ》っており、返還の日のこの時までに、わずか百三十数柱しか収集されていないのだという。

しかも、その壕の近くの黒ずんだ丘陵の一帯は、うずくまって指を差し入れると、シューッとすさまじい硫黄の熱気が噴き出すのであった。壕のくずれたくぼみの中に、しげみをかき分けて命綱を腰に付け、もぐっていった勇気ある人たちがいた。

かたずをのんで見守っていた私たちの許へ帰って来た彼らは、号泣しながら報告した――ご遺体が、頭を出口の方にそろって向けたまま、白骨となっている、その傍らにビール瓶とサイダー瓶が、抱えられるようにして横たわっていた、と。

渇きと、耐え難いほどの熱気の中で、兵士たちは最期の死に水にと、サイダーのひと瓶にわずかに溜めておいた天水を抱えていたのであろう、そしてその天水を、死の寸前あおぎ呑み、最後の突撃を待ち構えていた時、火焔放射器の焔を浴びせられたに違いない、と私たちは想像し、胸が迫って言葉が出なかった。

どんなに、この地獄の壕を出たかったろう。そういう無念の想いの兵士たちの上に、私たちは今、立っている。一日も早く、ご遺骨の謹収をしなければならぬ。一日も早く、一日も早く……。

しげみを抜け出ると、亜熱帯地方特有のかわいた微風が、吹き出る汗を柔らかくぬぐってくれる。ぬけるような青さの空に、入道雲がわき上がっていた。死んだ無数の兵士たちは、ついにこの青空を見上げることは出来なかったのだ。そして青空の下で、ただひとすくいの水さえ呑むことは出来なかった。水、水……と悲しげに呟やきつつ死んでいったと聞く、その無念の様を目に浮かべ、私は立っていることが出来なかった。

そして、かねて聞いていた金井啓海軍上等兵曹の、凄絶な戦闘体験のことが、やけつくような頭の中に突然思い起こされたのである。じつをいうと、金井上曹は私の妻の兄、つまり義兄なのである。

——彼はその時、硫黄島警備隊の陸戦隊指揮小隊に所属する下士官で、分隊長高野大尉、分隊士高橋兵曹長（いずれも戦死）の指揮下にあって、電路班（通信隊）員として司令部付きとなっていた。刻々と迫る決戦を前に、義兄・金井上曹たちのしなければならぬことは、一日も早く坑道を完成することであった。終日、硫黄の臭気にむせかえる壕の中にもぐって、コツコツと穴掘りに挑むのである。

硫黄島の築城は、元山を中核に坑道二十八キロに及ぶ陣地構築が計画され、敵来攻の直前までに、すでに七十パーセントの坑道づくりを完成していた。だが、この坑道築城でももっとも至難をきわめた個所が、スリバチ山と元山とを連結する坑道だった。義兄たちは、この壕の掘削に死闘を繰りひろげたのだ。

交代！——の声がかかるまで約十分、ものすごい熱気の中で掘りつづける。泥と硫黄が汗にこびりつき、からだはまるで石膏細工のようにカチカチに固まってしまう。鼻腔のやけだれるような硫黄臭を防ぐため、全員防毒面を装着しての難工事である。しかも水は、ひとり一日にわずか半リットル！　その半リットルの水さえ、すでに貴重なものだった。

二月上旬、連日の空襲、そして熾烈な艦砲射撃の中で、待望の坑道づくりは血と汗の結晶の上に殆ど完成に近づきつつあった。やがて十三日、大機動部隊接近の無電、ついで十六日早朝、艦砲射撃の一斉砲撃の中を西海岸に海兵隊が殺到して来た。耳をつんざく轟音は、はげしい土砂を叩きつけて壕内にいる義兄たちを押しつぶそうとする。主砲陣地は間断なく射ち込まれる砲弾の雨の中で破砕され、壕という壕はつぶされはじめる。

十八日、スリバチ山の要塞砲が待ち切れなくなったように火を吐いた。だが間髪を入れず猛烈な一斉砲射が叩き込まれ、まるで島ごと吹き飛ばされてしまいそうな凄絶な連続斉射が、機動部隊各艦艇から繰り返された。海岸線の水際陣地と飛行場も、相次いで壊滅させられた。

十九日。数万余の海兵隊が東岸に上陸を開始した。戦車約二百輛を先頭に、主力は千鳥部落へ、一部は地熱ケ原方向へ殺到して来た。満を持し、壕にあったわが将兵たちとの死闘が、こうして四日間にわたり繰りひろげられることになる。それは、この世のものとは思えぬ地獄絵図であった。

「われわれは、いまだかつて経験したことのない頑強な敵軍と衝突した。われわれは毎日一ヤード、一ヤードの血の前進をしている。死傷者は極めて多い。一刻も早く医療品を送れ、一刻も早く救援せよ」──義兄は司令部壕で、こういう米軍の無電が平文でさイパンとグァムに向けて打電しつづけられていたのを、傍受している。二月二十二日のことだ。

一方、陥落寸前のスリバチ山でも、大乱戦がつづいていた。二十一日、星条旗が山頂に押し立てられると、わが軍の決死隊がそれを引きずり下ろし、さらにそれを海兵隊が殺到して奪い返すという、血みどろの戦闘で、ついに二十三日、スリバチ山の友軍主力は全滅した。

やがて指揮系統は寸断され、一人一人の将兵が殺到して来る敵と、寸土を争う血と肉の激突を繰り返すようになる。三月十七日——栗林中将から大本営に、最後の訣別電報が発信されたのは、そういう中でであった。壕にそれでも立てこもり、戦いつづけていたのは、その頃すでに千余名に減っていたという。だが彼らは、壕から壕へ移りつつ、敵の〝寝首〟をかく奇襲の機を狙いつづけた。

壕を発見すると、米軍はある限りの手榴弾を投げ込み、壕の入口にラセン状の鉄条網をかぶせる戦法をとった。その壕を抜け出し、立ちはだかる海兵隊と戦車に突撃する兵士が相次ぐ。夜が明けると敵は、その壕という壕の入口を包囲して、火焔放射と手榴弾の雨を降らせた。

司令部付きとして、連絡壕を飛び回っていた義兄にも、死の影は迫っていた。ダイナマイトを仕掛けられ、ガソリンを流し込まれ、火の海の壕から、次の壕へと転進する。腰だめ射撃をしながら壕へ入って来る海兵隊と死闘を繰り返す。

夜陰に乗じ、ひそかに敵陣地に侵入し食糧を奪って来る。「楠の木」「桜」の合言葉をひそかに交わし、壕へ辿り着く。だが、真の暗闇の壕にあっても、瞬時の油断は出来ない。ある時、一人の米兵が入って来た。壕のくぼみにひそかに身を寄せた義兄は、すぐ眼前を通り過ぎるのを待ち構え、その横つらに手榴弾を叩きつけた。悲鳴をあげて飛び出していったかと思うと、息のつまるような黄燐弾が壕内に投げ込まれた……。

義兄たちは、それでも降伏の呼びかけに応じようとはしなかった。断じて降伏せぬ——死ぬまで。だが、地上はしずかになりはじめていた。こうして五月六日、義兄・金井上曹たちはこの島最後の生き残りとして、米兵たちの前に姿を現わしたのだった。大本営に宛て、最後の訣別電報が打たれてから、じつに五十日が経っていた——。

私は戦後、義兄から、硫黄島の戦友たちが何より欲しかったのは、ただひとすくいの水だったと聞いた話を、その時まざまざと思い出していた。義兄が降伏を断じて肯んせず戦ったこの島、そして水、水……と兵士たちが呟やきつつ死んでいったこの島に、私は今、来ている。歴史的な返還というこの日に……。

〝水を呑んでくれッ〟

正十二時——。米軍司令部前に特設された観閲台上に、この朝来島した米第五空軍の第六一〇〇管理部隊司令官オルト准将が立った。そしてその横に、日本側を代表し、硫黄島派遣隊を直轄する海上自衛隊第四航空群司令・宮武一海佐が立つ。

滑走路の端から、整然と隊列を組んだ十八名ずつの米沿岸警備隊員、米空軍、そして四十名の海上自衛官が式場へ行進して来る。観閲台前でオルト准将の返還式宣言、そしていよいよ星条旗の降下である。

進み出た米軍ラッパ手が伝統に従って、「撤退」の曲、ついで「軍旗」を吹奏、高く低くりゅうりょうたるラッパの音の中を、スルスルと星条旗は降ろされていく。二十三年ひるがえりつづけたその栄光の旗は、粛として声なく見守る中で三名の米兵士により三角形にたたまれ、両軍敬礼の中で見送られる。次いで日本側から、若いラッパ手が進み出た。

「君が代」の曲。ああ今、戦いの島そして慟哭の島、硫黄島に壮厳にも鳴りわたるつわものの賦――。スリバチ山の英霊よ、地下壕に瞑る二万余の英霊よ、心して聞き給え。今あなたがたの若い後継者たちが、あなたがたの烈々たるいさおしを胸に、晴れてこの島の警備につくのです。どうか、見守ってやって下さい……目にしみる涙の中に、日章旗のくれないの色が、とけ込み、はげしく強く胸を打つ。

力強くはためく日の丸に、日米両軍の将兵は、いつまでも佇立して挙手の礼をつづけていた。

オルト准将は、感慨をこめてこう言った――〝硫黄島の名こそは、勇敢また勇気の同義語となった〟と。その硫黄島が今、日本に還って来た。平和の守りをひきつぎ、わが海上自衛隊が太平洋の防人《さきもり》として新たにこの島の守護につく。そのふるさとを失っていた島の村人たちも、やがていつの日にか帰って来るだろう。おおぜいの遺族や生き残りの勇士も、やがて訪れて来るだろう。るいるいたるご遺骨を謹収するために、あの死の壕に入っていくだろう――その日のために自衛官たちは、きょうからこの荒れ果てた灼熱の島と闘うのである。

去りゆく数十名の米軍将兵、それを見送るわが自衛官たち――平和のよみがえったこの〝戦争記念島〟が、米側の呼ぶごとく、いつまでも〝太平洋の黒真珠〟そのままに誇り高く、美しく、そしてとこしえに平和の金字塔にかがやく島であってほしい――そう私は願わずにいられなかった。

やがて、焦げつくような灼熱の中で離陸を待っていたP2V対潜哨戒機は、再び機首を真北に向け飛び立つ。私は、名も知れぬ草をひとかかえ胸に抱きしめたまま、次第に小さくかすんでいくその島を凝視しつづけていた。

むれるようなにおいが、ナビゲーター席にいる私の全身を包む。私の義兄が、この島で戦ったことを知っていた東京新聞の畏友・香原勝文記者（当時防衛庁防衛記者会所属）が、危険な断崖をよじりながら私のために、硫黄の中でたくましく生きつづけたこの草を引き抜き、どっさりと私に託して下さったのである。

こうして東京へ帰り、義兄の許へこの草を届けたところ、待ちかねていたように玄関へ飛び出して来た彼は、やにわに私の腕の中からもぎ取るようにしたかと思うと、胸にしっかりと抱きしめそのまま仏間へ入って、亡き戦友の名を次々に呼びつづけた。見れば義兄は、仏壇の中にそのひと束の草を押しつけるようにしては、号泣していたのである。

その義兄が、遺骨収集のため硫黄島へ渡った。返還の翌々年、昭和四十五年五月下旬のことである。

あの返還の時までに、わずか百三十数柱のご遺骨しか収集出来なかった硫黄島だが、厚生省に自衛隊が協力してそれまでにおよそ三千柱が謹収されていた。義兄はその時、厚生省の第三次遺骨収集団の一人として、戦友の瞑る死の島に飛んだのだった。

その日が近づき、訪島する海上自衛隊のＹＳ－11機に搭乗する直前、義兄は靖国神社へ詣で記帳を済ませた。そして旅立つ前まで斎戒沐浴をつづけた彼は、リュックサックにプラスチックのガソリン缶いっぱいの真水と、さらに三つの水筒にも内地の冷たい水を、しっかりと詰めた。

そして経本一冊。それに、亡き戦友の名前をびっしりと書き記した部厚い手製の名簿も……。義兄は朝晩一時間ずつ、仏壇の前で、読経の代わりにこの名前を唱えつづけて来たのである。入れるものは、まだあった。硫黄島が返還になった日からその日まで、ためて来たお線香の灰である。それがお茶碗にちょうど二杯分あった。

彼はふと思う――出来ることならこの灰を、ＹＳ－11の機上から硫黄島に撒《ま》きたい、でも到底それは許してもらえそうもないから、スリバチ山頂の慰霊碑にでも置いてこようか、とも……。はち切れそうにふくらんだリュックの片隅に、愛用のホープも何箱か入れた。（お前の喫っているヤツを喫わせろ）そう戦友たちが言うに決まっている、と思ったからだ。

　こうして、下総の海上自衛隊基地から飛び立つ日が来た。

　機上には、厚生省の小沢課長補佐以下四名の人たち、義兄の他に生き残りの阿部武雄氏（独歩三〇九大隊）と加藤康雄氏（混成二旅団工兵隊）、そして壕の発掘に協力してくれるという陸上自衛隊朝霞駐屯地の三〇一施設器材中隊・相原一尉ほか九名の陸曹たちがいた。

　義兄は、YS－11の小さな窓にひたいをこすりつけるようにして、青々とつづく海のひろがりに目を奪われていた。心に去来するのは、戦友のことだけである。もうじき着く。もうすぐゆくぞ――そう思うと、胸ははやがねのように打つ。その思いに拍車をかけるように、機の爆音が高く低く鳴りひびいて五体をふるわす。（待っていろ、もうすぐお前たちのいた壕を探すからな、きっとな）それが、敗残の身を戦後、生きながらえて来た自分のつとめだと、改めて自分に云い聞かす。

「硫黄島上空！」――突然スピーカーが鳴った。思わずそそぐ眼に、ぐんぐん迫って来る島、ああ硫黄島だ、と思う瞬間、涙にかすむ眼に、スリバチ山が飛び込んで来る。

　だが、ずいぶん山形がイビツになってしまったな、と思う。無理もない、あの時、艦砲射撃と爆撃にあれほどこっぴどく叩かれたのだから、とも思う。

　真っ白な滑走路から、ふらつく足を踏みしめるようにして兵舎へ向かう。目のくらむ陽光が、西に傾いたところから差すように射る。あの日から、二十五年目に今こうして来た。本当に来たのだ。

その夜、物音ひとつ聞こえないカマボコ兵舎の机の上で、百匁ローソクがジリジリと焔をあげていた。義兄は、あの壕にいた時と同じそのローソクが、身もだえするように火をゆらめかしているのがたまらなく、じっと見つめたまま一睡も出来なかった。

そして、〝総員起こし〟の六時が待ち切れず、四時過ぎ、そっと兵舎を抜け出しすでに明けそめていた島の道路を、まっすぐ一人で、あの時死闘にあけくれた北地区へ足を向けたのだった。ローラン局の鉄塔のところから、草道へ。――あの時、顔も上げられぬほど銃弾が飛んで来た。鼓膜の破れそうな猛砲撃がつんざいていた。閃光と血と絶叫の、そこは草道だったのだ。

もしかしたら、この足で、戦友たちのからだを踏んでいるのではないか！　がく然として思わず、八木上水、石川上水、高野大尉、高橋分隊士……と、絶叫しかけた。

おいしげるギンネムの木をかき分けた時、（金井、金井！）と、悲鳴にも似た声が聞こえた、と思った。義兄は、そこへ倒れ込みそうになる。

慰霊碑の前へ発掘調査団が整列した時、ジリジリと肌を焦がす太陽が早くも、中天へ昇りはじめていた。

「これより第三次のご遺骨収集をはじめさせて頂きます。長い間、ご苦労様でありました」。小沢団長が、生ける人に語りかけるように碑の前でそう呼びかける。碑の前に供物を捧げる人たちに交じって、義兄はそっとあのお線香の灰とタバコを手向《たむ》ける。やがて読経がはじまった時、義兄は突然、叫んだ。

「内地の水を呑んでくれッ」

並みいる人は、突然の絶叫に驚いたようである。だが本人はその時、意識を失っていたのか無我夢中で、そう叫んだのも覚えていない、と言う。

水筒の水を碑の回りにかけ、持って来た名簿と経本を硫黄の砂の中に埋めた。その砂は焦げるように熱く、これではせっかく埋めても、きっと何日もしないうちに焼けただれてしまうだろう、と彼は思う。碑にかけた水も、プラスチック缶から撒いた水も、すぐ砂に吸い込まれ、またたく間にもとのかわいた灰色の地面に変わってしまった。

まだ壕に瞑る一万数千柱

——あの時、義兄たちは、前述したようにただしゃにむに壕を掘りつづけていた。一日も早く坑道を完成させるためにである。一酸化炭素と硫黄をふくんだものすごい熱気のため、十分間交代で掘りすすんだが、その十分が一時間にも二時間にも感じられた。それにもまして苦しかったのは、一日わずか半リットルにきびしく制限された水の配給だった。

どんなにノドがやけつこうとも、絶対にそれ以上はない。その水も灼熱に煮えたぎり、熱湯のようになって配られて来たのだという。四十八度からの耐えがたい地熱、そして熱い水——義兄はあの地獄の壕に思いをはせ、かわき切った灰色の大地を見つめながら、内地から太い長い水道の管でもこの島に通して、あたり一面、水びたしになるほど撒いてやりたい衝動にかられた。

遺骨収集がはじまり、義兄は北地区の海軍司令部壕を求めてジャングルに踏み入った。市丸利之助少将以下が立てこもった司令部作戦室の壕、そこを探しあてなければならぬ。ジャングルをかき分け、汗みどろになりながら行を共にしてくれるのは、自衛隊の久保山二曹であった。懸命になって、わがことのように突き進むその青年の姿に、ふとあの時の戦友の姿が重なる。義兄は、涙がこみ上げそうになる。背丈を超えるトゲといばらのしげみが、二人の行く手をさえぎる。ころび、つまづき、穴にすべり落ち、シャツもズボンもボロボロになりはじめていた。それでも探し求めたい壕なのだ。そこで義兄の戦友の一人、八木上水は死んでいる。

——たしか、最後の総攻撃の日から三週間ほど経った、四月六日のことだったという。降伏の呼びかけも承服せず、義兄たちは敵の目をかすめ、最後の突撃に備えて転々と壕を変えていた。米兵たちの執拗な攻撃に出会い、一つの壕から次の壕へ移ると、きまって前にいた壕がやられた。そういう移動のさ中、戦友の石川上水が敵弾の猛射を浴びて即死、残った義兄たちは十メートルほどの断崖をすべり落ちるようにして、司令部壕の跡へ辿り着いた。

だがその時、海兵隊たちが懐中電灯をジイジイと鳴らしながら入って来て、ダイナマイトを仕掛けた。手榴弾で応戦すると、こんどは黄燐弾を投げ込んで来た。だがこの黄燐弾の、息の根をとめるような臭気は言葉に云い現わせないほどだと、義兄は述懐する。

手で土をかき分け、そこに顔を埋め、辛うじて呼吸するのである。しかもその壕内は至るところ、るいるいたる屍の山で異様な臭気が充満している。だが、その腐った戦友の屍にさえ鼻を押しつけ、黄燐弾による窒息を避けねばならなかったという。

しかもその合い間に、血だらけの手で小岩をくだき、かき分けながら匐い出る穴を探し回りつづける。八木上水が、どっとくずれて来た岩の下敷きになったのは、その時である。

彼は、血のあふれ出る口から、「手榴弾をかせ」と、苦しげに叫ぶ。皆が総がかりになって押しても、その岩はびくとも動こうとはしなかった。やむなく、一刻も早く楽にしてやろうと決意、手榴弾の発火栓を岩に叩きつけて彼に手渡した。が、容易に発火しない。朱《あけ》に染まった八木上水は、「拳銃でたのみます」と、息もたえだえに言う。そればかりはとたじろいでいるその時、手榴弾が彼の胸元で爆発、八木上水は死んでいったのだという。

八木よ、石川よ——義兄は、声にならぬ声をあげながら、ジャングル奥深くさらにかき分けて突き進む。その時、ふと直感で、壕らしい！と思われるしげみに出会う。夢中で手を差し込み、何かをつかみ出すと、それは腕のような骨であった。

間違いなく、そこは司令部壕であった。まとわりつくしげみを引き抜き、匐い回り、とうとう探り当てた壕の入口から中へ入ろうとすると、たしか二メートルもの厚さのペトンで掩ってあったはずのその壕は、鉄筋がまるでアバラ骨のようにささくれだってくずれ、異様な形相に姿を変えて、行く手を阻む。浴びるほど叩き込まれた米軍の鉄鋼弾の、なせるわざだったに違いない。

中へ、どうしても入りたい。だが、二人の素手では、どうしようもなかった。それに深さ二十メートルはあるはずだった。そこは、奈落の底なのである。装備不充分のままでは、どうすることも出来なかった。心をあとに残し、再び辿って来た道を戻り、団長に報告した。

「きっと、あれが司令部壕です。どうか明日、掘って下さい」

顔も手も傷だらけ、引き裂かれた服の二人を見て、団長たちは立ち上がって粛然と見守るばかりであった。

その夜が更け、ふたたび物音一つしない島の兵舎で、義兄は容易なことに寝つかれなかった。そして思う、きょう久保山二曹と踏み分け入ったジャングルのすぐ下には、戦友たちの屍が横たわっていたのではないか。戦争が終わってから米軍は、艦砲射撃と猛爆撃でハダカのようになってしまった島に、緑を生やそうとネムの木の種を空中から散布したと伝えられている。

そのギンネムの木のおいしげるはざまに、すぐ真下に、屍また屍がある、と思えてならなかった。とすれば、私は戦友の屍の連らなりの上を歩いて来たことになる、と義兄は思い至り、ついにその夜もまんじりとも出来なかった。

義兄が島を去る日が来た。彼に与えられていた滞在日程は、丸二日しかなかった。あと髪をひかれるような思いで、

「ぜひ、あの壕をたのみます」と、繰り返し後事を託して義兄は島をあとにしたのだった。

それから少し後日のことになるが、義兄たちの発見した壕は、やはり司令部壕であったこ

とが確認された。だが、くずれた鉄筋の厚いカベにさえぎられた地下壕を、後続の発掘団はその時、三メートルと掘り進むことは出来なかったという。砲弾に埋もれ、地形はゆがみ、ついにかの巨大なペトン陣地までをもイビツにしてしまったのであろうか。その壕のすぐそばで、海軍将兵の百二十数柱のご遺骨が発見されている。戦友を思いつづける義兄の祈りが通じたのかもしれぬ。

義兄・金井上曹はこうして、かっての戦いの島、硫黄島へ再び渡り、鬼哭啾々《しゅうしゅう》、慟哭の島と化していたその硫黄島から、再び還って来た。そして、靖国神社へ奉告の参拝を終え、再び、日常の生活に戻った。

だが義兄の日常は、今も変わらず壮烈なのである。それは、朝晩一時間ずつ欠かさずの読経――それもふつうのお経ではない。栗林兵団長閣下の霊、市丸少将閣下の霊……と、長々と亡き上官、戦友、部下の名を、まるでそらんじるようにろうろうと呼びつづけるのである。

硫黄島の遺骨収集から帰って来た直後、義兄は、一つの「歌」をつくった。はにかんで見せたがらないのをせがみ、写しとったのがこれである。

おお戦友と二十五年目の再会だ
　友は声なし　吾のみ叫びぬ
今日あるは唯々戦友のおかげなり
　吾れおろそかに日は過ごさじ
　　壕よ　戦雨よ　天水よ

＊

――義兄にとって〝戦後〟は終わっていない。

この昭和五十七年六月二日のこと、玉砕の島硫黄島が返還されてから十四年目、鈴木・東京都知事らが訪島した時、同行した読売新聞の初田正俊氏という記者の報告によれば、

「……島を回ると、露出した岩にはすべて生々しい弾痕が残り、ギンネムの密林には二千トンを超す大量の不発弾が眠っているという。日本軍だけで戦死者二万人といわれるが、遺骨は五千体が収容されただけ……」（読売新聞、昭和57・6・3付）

という。

初田記者はその訪島の折、旧海軍が立てこもった北部の天山壕にも入っている。そして、

「……横穴を二、三十メートル進むと、地熱で蒸しぶろのよう。全身から汗が吹き出し、眼鏡が一瞬の内に曇った。案内の海上自衛隊員の話では、温度は五十度近くあるという。五分と我慢出来ず飛び出たが、このような最悪の状況で一か月の攻防戦が展開されたかと思うと、その悲惨さに胸がしめつけられる思いだった」（同前）

と、書いておられた。

この記事を拝見して改めて再び私は、あの返還の日に知った悲惨のかずかずを思い浮かべ、息苦しくなるほどであった。まして、あの時、死の壕から壕へ、全滅後も飛び回りつづけ、敵手に陥ちるのを拒んだ義兄たちにとって、まだじつに一万数千余柱ものご遺骨があの島に瞑っているのだということは、たまらなく切ないことだと思う。ソ満国境に同じく未だに戦

友の無数の屍をさらしたままにしている私たちにとって、その思いは共通のものだ。〝戦後〟は終わっていないのである。

義兄は、日曜日というと、差し支えない限りお寺に終日こもって祈りを捧げて来た。そして合い間には、近くの警察道場に通い、町の小学生たちとともに剣道錬武に励み、汗を流している。そして年に一回の、明治神宮の奉納試合に出場するのを、この上ない栄誉と考えているようである。

こういう義兄は本来、繊維品卸し業を営むのが生業なのだが、子供たちに道場で、時には店まで訪ねて来られて、〝先生、先生〟と慕われ、戸惑ったり照れたりしているが、じつはそのことが無上の喜びのようにも見える。そういう姿を見ていると、平和であることを心の底から祈るような思いで真に願っているのは、義兄のように玉砕の孤島で死に残った、こういう人たちではないか、とつくづく思うのである。

そして、祖国の危急に馳せ参じ、戦い敗れても断じて敵に降伏を肯んじなかったこういう人たちこそ、「日本人」とは何か、を無言の中に教えて余りあるもの、と思えてならぬ。同時に、道場でたとえ相手が小・中学生でも烈々の気迫で立ち向かっていく義兄の姿は、人間たるの信念、日本人たるの気概――それを子供たちに同じく無言の中に教えている気がしてならない。

そしてそのことが、死んで当然のはずのあの硫黄島から生き還った自分のつとめと、きょうも自らに云い聞かせているのだ、と思えてならないのである。

散るべき時は今なるぞ

学徒兵の鬼神の姿

昭和五十七年（一九八二年）正月。

東京九段の靖国のみやしろは、いつもの東京の空とは思えぬほどに澄みわたった青空の中に、大鳥居がまばゆく輝いていた。着飾った人びとの群れに混じって、私はさん然ときらめく菊の大紋章を仰ぎ見つつ門をくぐって行った。

玉砂利を踏みしめ踏みしめ、拝殿に近づくにつれ、急に胸が迫って来て五体がしびれた。ふと、雑沓のざわめきが消え、耳の中が真空になり目がかすんだ。その〝真空〟の向こう側に私はその時、今年もまた、〝彼ら〟の姿を見た、と思った。思わずよろけて玉砂利にくずれ折れかけた時、オーイと私は、声にならぬ声でそう叫んでいたのかも知れぬ、〝彼ら〟の

満州に侵攻してきたソ連軍のT34戦車

うしろ姿に向かって……。

――あの時、〝彼ら〟戦友たちは、手づくりの木箱詰め急造爆雷を胸に抱きしめ、スターリンT34型戦車の群れに突進、体当たりしていったのだ。次々に次々に、そしてまた次々に脇目もふらずまっすぐに、目の前の巨大な鉄の塊に向かって……。そして数秒、十数秒――突如として、吹き上がる黒煙と天に冲する紅蓮《ぐれん》の炎に包まれ、その尊い、神の姿をもう二度と見ることはなかった。

後続するソ連軍戦車は、眼前の牡丹江街道にひきもきらずつづいた。そしてすぐ目の前のタコツボ壕に、殆ど水平射撃で射ち込んで来る戦車砲の耳を聾する轟音と、悪魔が足を曳きずるようなキャタピラ音のきしみが、われわれのいる壕にのしかかって来る。

その真下をかいくぐり、行くぞーッ　この世の最期の声を残してタコツボ壕を脱兎のように飛び出していく次の戦友たち。お先になー　そんな声を残して征った戦友もいた。

二人に一個の割合で割り当てられた急造爆雷を、どちらかが先にヒョイと当然のごとく小脇に抱えて壕を飛び出し、笑顔さえ見せて突撃していったまだ二十歳のわが友たちよ――。

涙ににじむ拝殿の奥深くに、その時の鬼神のような戦友たち、七百二柱が今、瞑《ねむ》っている。あれほどに祖国のために戦ったのだもの、わが国の敗戦をよそに、撤退命令もしりぞけ、ただ一筋に日本の安泰だけを念じて死んでいったのだもの。その思いを遂げてあの時の戦友たちは、このみやしろのあの奥深くに、きっと今は安らけく平らけく神鎮まり給うているに違いない。

それを想えば、未練にも死に残った私ごときがたまさかやって来ては、この神々の御前にかしわ手など打って、不遜にもご神殿のしじまを破ることなど許されぬ、と思った。あれからもう三十七年の歳月が経つ。思うことのみ多く、心のみ焦って、なすところなきわが身を、あの戦友たちはさぞや怒っているに違いない。

（お前ならやれるよ）（お前に頼むよ）（お前がやれよ、俺たちもついていくぜ）——私の学生時代、そして初年兵時代、北支・開封の集合教育の時、私はよくこんなことを仲間たちから言われた。別に指導力があったとは思わぬが、図抜けて背が高くいつも列の最右翼で目立ったこともあったろう。それに自分で言うのも何だが、人のことが気になり、つい面倒なことを頼まれもせぬのに買って出る癖があったせいかもしれぬ。だから厄介事の交渉に重宝がられたり、頼られたことが多かった。

（お前ならやれると思ったのに）（どうしたんだ、お前は）——今はそんな声が聞こえて来るような気がしてならない。靖国の社頭に立つたびに、いつも私はそんな声に叱られどおしである。

想えばあの時の戦場、ソ満国境・磨刀石で生き残ろうなどと考えること自体、不可能なことであった。だが私は今、こうして生きている。生きながらえている。あれから三十七年間、酔生夢死にもひとしい生き様で私はまだ生きつづけている。おろかしく、恥ずかしいと思う。

だがこんな私でも今、生あるは、お前は生き残って、あの時の実相を世に伝えよ、ソ連軍のあくなき暴虐を書き留めよ、日本男子の心意気を後世に伝えよ、そして新生日本づくりの礎たれ、という、戦友が死を賭しての私への命令ではなかったのか。

だからこそ、こうして私を生かしてくれた、死に残してくれた。この命をかけた至上の命令に、必死の願いに、あらがい、なすところなきわが身に彼らは途方に暮れているかもしれぬ。私はそういう戦友たちへのざんげの心をこめて、あの時の真実を、戦争の実相を、書きつづけていかねばならない、と思った。そして、その一環として四年前、『われは銃火にまだ死なず』という題名で、磨刀石の戦闘を小著にまとめ、世に問うた〔昭和五十三年、泰流社刊。平成二十九年、光人社NF文庫に所収〕。

あの陣地で生き残った者の、それが使命であり、ただひたすらに祖国のことだけを思いつづけて死んでいった戦友たちへの、それが鎮魂なのだと考えたからである。それを書かなければ、

「わが国敗戦など断じて許されぬ。今、目の前に敵がいるのだ。この敵を、俺は討つ」と叫んで体当たりしていった戦友たちに、あの世とやらで再会した時に何のかんばせあって会うことが出来ようか、と思った。

磨刀石の戦い——それはまさに徒手空拳の肉弾と、鉄牛のようなソ連軍重戦車との一対一の戦いであった。そこに布陣した九百二十五名の若き幹部候補生隊は、小隊長から分隊長、そして列兵に至るまで全部同期生であり、二十歳、二十一、二歳の同世代であり、階級も同

じ甲種幹部候補生軍曹であった。指揮する区隊長も、わずか一、二歳年上の学徒兵出身の見習士官であり、私たち九百二十五名を率いる大隊長・猪股繁策大尉もまた甲種幹部候補生出身でその時、弱冠三十歳のつわものであった。

　私はあの出撃の日、八月十日の深夜、石頭予備士官学校の校庭での情景を、今でも忘れることは出来ない。候補生の大集団が、みじろぎもせずみんな樫の木のようにガッチリと直立不動の姿勢で立っていた。鉄帽をかぶり、完全軍装のその襟《えり》という襟には甲幹の「座金」がキラキラと輝いていた。月光を浴びた無数の鉄帽――その隊列の前方に、各級指揮官たちの抜刀がキラリと光っていた。

「ここに、幹部候補生による世界一の精鋭部隊が編成された。国境を突破し、侵入せるソ連軍を粉砕すべく、只今より出陣する……」大隊長、猪股大尉の命令が、ずしりと胸を打つ。そしてはるかに東方に向かって宮城遥拝、故郷への最後の別れが命令された。期せずして、「海ゆかば」の大合唱が津波のように沸き起こる……。

　死への旅立ちである。われわれは、この戦いがどういう戦闘になるか、どういう結末を遂げることになるかは、戦う前からもう充分に知っていたのである。

　何も知らず、無謀に死に急いだのではない。一時間でも二時間でも、命ある限り、目の前を進撃するソ連軍戦車を一輌でも多くやっつけねばならぬ。それでなければ、国境から大挙して南下して来る避難の在留邦人たちが、ぶじ安全地帯へ退避するのを見殺しにしてしまうことになる。後方に友軍が、一斉反撃に転ずべき大防御陣地を構築中の、その時間かせぎが出来なくなってしまう。何としてでもこの磨刀石は、命を張って守り通さなければならぬ、最後の一人になっても……。

そして、わが死とひきかえに、日本の栄光を、条約を蹂躙《じゅうりん》した暴虐ソ連軍に目にもの見せてやらねばならぬ。昭和の御代に生きる日本人の心意気を、後世に残すために死など眼中にない——それが、あの地で散華した友たちの心であった。まさに、大楠公・楠木正成軍団の権化《ごんげ》であった。

この戦いを、遥かな高地で望見していた支援の砲兵部隊は、街道沿いになだれ込んで来たソ連戦車群に、片っ端から群がりよじのぼっては、砲塔に手榴弾を叩き込み、ふるい落とされ滑り転げ落ちても、遮二無二よじのぼっていく学徒兵たちの、鬼神の姿を見て涙があふれ、全身の震えがとまらなかったという。

——こうして、ものの一時間で突破されて当然のわが陣地は、じつに四十八時間以上も持ちこたえ、さらに敗戦を肯んせず山中を転進しては夜陰を衝いてソ連軍を急襲、あくなき痛打を与えつづけたのであった。そのひたむきな若き学徒兵たちの行動は、まさに惨烈さを突き抜け、神聖至純の神の姿にまで昇華するほどの戦いぶりであった。

この磨刀石を中心に周辺各陣地では、終戦直前の十三、十四日までに三百五十九柱が散華、終戦命令をよそにさらに八月十五日から九月末頃までに戦死した学徒兵百一柱、またあるいは重傷を負い、あるいは戦病、病魔に冒されていずれも死んだ二百四十二柱——全部で七百二柱が尊い人柱となった。

われ慙愧に耐えず

私は、こういった磨刀石の戦闘実録を、最初はシベリアから復員後の昭和三十一年、文藝春秋特集号『赤紙一枚で』の誌上に発表、ついで同三十一年に新書版で『肉弾学徒兵戦記』を上梓、そして四年前、前述したように『われは銃火にまだ死なず』を泰流社から刊行し、報告した。

だがこれらは、あの時の戦闘の様相と、われわれ生き残りたちがその死をしかと目撃した若干の候補生の死闘についてだけ概述したものであり、七百二柱一人一人について触れていない。

あの時、侵入陣地の最先端に位置し、戦車砲弾の水平射撃で一瞬の間に散華した候補生たちもいる。肉攻壕の上に重戦車がのしかかり、無残にも圧殺された候補生も少なからずいる。だが、いかに同じ釜の飯を食った戦友とはいえ、各軍から選ばれて石頭予備士官学校へ入ってから開戦まで、わずか一か月ほどしか経っていなかったわれわれである。

そのため、隣りの壕にいる候補生の名さえ確認する間もなく、戦闘配置についた小隊も多い。まして、肉攻壕のすぐうしろの台地に陣どりながら、重軽機、擲弾筒をもって奮戦した各小隊の候補生と、肉攻壕にいる候補生は、教育中隊も違っていたので殆ど顔さえ知らぬまま、死闘にまき込まれていったのだ。

従って、各候補生の戦った姿は、死んでいった姿は、目撃されていながらそれがどこの原隊出身のどの候補生なのか、充分に確認出来ないまま今日に至っている候補生も多いのである。生き残りたちは、戦後八方手を尽くしてその確認に奔走して来た。厚生省引揚援護局の力もかりて資料を調べ、また未確認調査にも力をかした。私自身、引き揚げ直後から手弁当で何度、あの古びた戦闘資料や名簿がうず高く積まれた「北方班」の部屋へ行ったことだろうか。あの頃の係官たちのご苦労は大変なものだった。

証言し得る候補生は、戦い敗れたのちシベリアへ抑留され、しかも相当な年月が経っていた。まして、〝死の陣地〟に戦闘詳報や功績名簿は残されていない。黒い扇風機が音を立てて、むし暑い部屋の空気をかき回していた中で、汗にまみれ資料に取り組んでいた人たち――亀谷愛一課長、橋本喜夫班長、そして世話課の等々力竜雄課長、田谷雅道班長、松田弘主任がたの、あの当時の姿が忘れられない。

ところで私自身、今も常に胸の中から離れないのが、石頭に行くまで在校していた北支派遣軍の予備士官学校、保定幹部候補生隊のことである。私はその学校の第十三期生の一人として、陸軍将校への道を研鑽していた。保定幹部候補生隊は、内地の豊橋予備士官学校と肩を並べる、軍伝統の名門校であった。その保定で教育中、開戦約一か月前、三百二十七名が関東軍の石頭予備士官学校へ転属となったのである。私もその一人であった。

じつをいうと、その三百二十七名という正確な人数も長い間知らなかった。それを教えてくれたのは、保定に残りわれわれを見送ってくれた同期の福井弘・石川仁候補生たちである。

今から三年ほど前、保定の学校長であった伊藤義彦少将の日記抄をこの候補生たちから見せて頂いた折、そこに次のような一節があったのだ——。

昭和二十年六月二十八日　晴

０７・００　関東軍転出候補生三二七名ヲ保定駅ニ見送リ　朝食后出勤

大講堂ニテ保定候補生一、三〇〇名ニ対シ訓話ス　沖縄玉砕（原文のまま）

こうして石頭へ行った保定の三百二十七名のうち、磨刀石で死んだ候補生は？　それを一人一人把握するのが、私の長年の悲願であった。今、両予備士官学校の名簿をつき合わせ、多くの証言も得ながら、すでに百名を超える保定—石頭転属候補生が磨刀石に散ったことが判りはじめている。その陰で、石頭の牧岡準二候補生と、前述の保定の石川候補生がどれほど力をかして下さっていることか、感謝の言葉を失うほどである。

そして私自身、鋭意この調査をつづけていかなければならないが、それにもまして、なんとかして調べあげ、謹述していかねばならぬのが、それらを含めた七百二柱一人一人のことなのである。

故郷でのこと、在学中の思い出、肉親のこと——お互い話し合いたいことは山ほどあった。だが、満ソ国境不穏の気配がただよう中で、短時日の間、実戦さながらの猛訓練にあけくれ、殆どなごやかな会話を交わすひとときさえなかった。夜は夜で戦術教育、それが終われば修養録と相対して、その日の己れをきびしくかえりみる。日常座臥、軍の「楨幹《ていかん》」たらん衿持《きんじ》のもとに、はげしく自分自身を律していたのである。

そして、戦争がはじまった。

死んでいった候補生は、心を切ないほどあとに残して、この世と訣別したに違いない。そう思うと、死んだ一人一人の、わずか二十年という短かった生涯のことを、何とかして知りたいという衝動にかられるのである。そしてそれを知り、その人の生きて来た道──二十年と少しの生涯を、さらになし得ればその一人一人の最期の姿を、後世に語り伝えていくことが私たち生き残りの責務であると思えてならぬ。

私は残された余生のつとめとして、このことを出来る限り果たしていきたい。そして、たとえ生涯かかってもそれらを綴り、彼らの足跡を、短かった生涯を、『雄叫』と題して私のささやかな〝個人紙〟にまとめ、亡き戦友の御霊《みたま》に手向けていきたいと思った。

そしてまずその第一に、われらの文字通り陣頭に立って候補生集団の精神的支柱となった猪股大隊長の、神のような人間像を、前作『われは銃火にまだ死なず』にも謹述したことだがさらに詳述すべく、稿をまとめていた折も折、生き残りの私たちにとってはまさに衝撃的な出来事に遭遇したのである。それはこの三月（昭和五十七年）、来日した中国残留孤児のことである。

当時、そのいたいけな姿を目撃しながら、何ひとつお役に立つことの出来なかった、助けてあげることの出来なかったわが同胞、中国残留孤児たちの、じつに三十七年目の来日という、大変な事実を前にして私は、何よりもまず、ざんげの心をこめてこの残留孤児たちのことを書き、反省自戒し、そして各界に訴えねばならぬと考え、居ても立ってもおられぬ思いにかられた。

そこで、私の石頭予備士官学校時代の先任候補生である木屋隆安氏が、今主筆として警世の論陣を張っている『言論春秋』にお願いし、次の小文を書かせて頂いてあえて世に問うたのである。私は、この孤児たちのことをまず冒頭に詳述することが、磨刀石の戦闘実録を綴る、じつはプロローグとなるのではないか、と思ったからである。

そして同時にこのことは、戦死した猪股大隊長の、満州に残された遺族とも深くかかわり合っていることなのである。以下、『言論春秋』紙上より転記する——。


「われ慙愧に耐えず」


この二月下旬から三月上旬にかけての何日か、テレビの前で目がしらをぬぐった人はずいぶん多かったことと思う。中国にとり残されていた戦争孤児たちが、じつに三十数年もの長い長い歳月の末に、ようやくの思いで初めて見る故国日本の土を踏み、その一人一人がこもごもテレビカメラの前で肉親を恋い慕い、涙にくれて切々と訴えたあの望郷の叫びの前に、涙せぬ者はいなかっただろう。

「私たちは、日本の繁栄にあこがれて来たのではありません。ただ肉親に会いに来たのです」——テレビに出ても、名乗り出ない、あるいは気が付かない肉親の姿を必死に追い求め、すがりつくようなまなざしに涙をいっぱい浮かべて孤児たちは、そう訴えつづけた。

三十七年前のあの時、あの戦場で、無残ないたいけな孤児たちの姿をつぎつぎに目撃しながら、遂に何ひとつしてあげることの出来なかった私は、まさに肺腑をえぐられるような思いで、この切ない叫びを聞いた。

（申し訳ありません。どうかこの私たちを恨んで下さい。私たちをなぐって下さい、思う存分、気の済むまで……）私はテレビの前に釘付けになりながら、何度そう胸の中に絶叫したか知れぬ。

思えば胸がうずく。あの時——

私たちは、満ソ国境近い磨刀石付近の陣地に立てこもっていた。東満国境を防衛する関東軍第五軍の命により、私たち石頭予備士官学校の甲種幹部候補生隊九百二十五名は、侵入するソ連軍をむかえ撃つために断固死守の抵抗線を敷いていた。そしてその任務のまず第一は、国境方面より退避して来る在留邦人たちが、ぶじ安全地帯へ南下するまでの防波堤たれ、そして第二は、後方に友軍主力が一斉反撃に転ずべき大防禦陣地を構築するまで、絶対に敵軍を阻止せよ、との二つであった。

八月十日、十一日——布陣する私たちの前をおびただしい邦人たちが退避して行った。着のみ着のまま、背に幼児を負い老爺に肩をかして道を辿る家族たち、子供たちを十数人載せた荷車を曳き、ガタガタと去って行く開拓団の人たち……。

中には、私たちの前に立ち止まって手を合わせ、「兵隊さん、お願いします、お願いします」と嗚咽する人たちもいた。また、馬車の荷の間から、ころげ落ちるように降りた老婆が、私たちの前で土下座しながら、「どうか兵隊さん、勝って下さい」と私たちを拝んで下さったあの姿――今も私の脳裏にこびりついて離れない。

思えばこの人たちと行を共にすべき大黒柱の父や夫、そして兄たちはこの年、全員根こそぎ動員されて国境各方面守備の配置に就いていたのだ。その数、二十万ともいう。残された百万からの開拓団員たち在留邦人は、今こうして散り散りになりながら、あてどなく安全と考えられていた南の方角を目指していたのであった。

――磨刀石の攻防は、すでに戦う前からその結末は予測されていた。鉄牛対肉弾の、いわば徒手空拳の戦いだったからである。この上は、一死もって敵戦車と刺し違えるより方途はなかった。ところが、当初ものの一、二時間で敵戦車軍団に蹂躙されても当然のはずだったわが陣地は、じつに四十八時間以上も持ちこたえ、その後もあくなき痛打を侵攻ソ連軍に与えつづけた。

だが、じつはすでにこの時、この死闘をよそに、まさに言語に絶するような惨劇が在留邦人たちの身の上に襲いかかっていたのだ。磨刀石が壊滅し、私たち残存幹部候補生は友軍の主力を求めて山中を急行していた。そして、目をおおうような悲惨な様をその時、目撃することになる。

急追するソ連軍のために、逃げまどう邦人たちは早くも地獄の底に突き落とされていたのだ。あの死闘のさ中、散華した数百余のわれら幹候隊候補生たちの、死と引き換えの防波堤も、遂に役立つことは出来なかったのである。

――最初出会ったのは、まさに幽鬼のような邦人たちの行列であった。

ボロを担ぎ、よろめく足どりで山中を辿るその隊列の中から、ズルズルとうずくまるように倒れ込んでいく何人かがいた。泥水の中に顔を伏せている母親を、必死に抱き起こそうとしている血だらけの小学生がいた。道端で、五、六歳の女の子が、二、三歳ぐらいの男の子と抱き合って泣いていた。死んでいる母親の胸に抱かれて、しきりに乳房を求めてむずがっている幼児がいた。草むらの上に、小さな布団をかぶせられて無心に寝ている赤ちゃんがいた。

ある幹部候補生は、足を射たれたらしい一人の母親に、「どうか殺して下さい。子供と一緒に並びますから、鉄砲で撃って下さい」と、腕にすがられた。五、六歳の男の子をひざの上に抱きあげた父親が、猟銃の銃口を子供の胸に押し当て、射ち殺したのを見た。ボロを大切そうに胸に抱えた一人の婦人が、ヨロヨロと近付いて来るのを何気なく見たある候補生は、そのボロの中に、首のない赤ん坊をしっかりと抱きしめて、目を宙にすえて歩いていく姿を見た。

学童服の少年をその間に挟み、木に首を吊るしていた夫婦がいた。ちぎれた千代紙人形をしっかりと手に握り、うつろな瞳でときどき何か小声で言いながら、あてどもなく歩いていく少女がいた。

私は、私たちは、もうこれ以上ここに記すことが出来ない。

ある候補生は、山中で一人の少年に「兵隊さん、なんで逃げるんだい！」と、腰にしがみつかれ、思わずその子を抱きしめて号泣した者もいる。あの時、あの磨刀石の陣地の前を通り過ぎて行った邦人たちは、私たちに手を合わせ心から軍を信頼し南へ下って行ったはずだった。その必死の願いと信頼を裏切り、なすところなきわれら。何をもって償うべきか。何とお詫びすればよいのか。皇軍の威信をよそに、幹候の矜持もどこへやら、力及ばず無念にも敗退し、遂に彼らの防波堤たり得なかったわれら。顧みて、まさに慚愧《ざんき》に耐えない。

思えばあの時、こうして命からがら山中にとり残された幼児たちが、そして遂に両親にはぐれてしまった幼児たちが、あるいは両親が心ある中国人に命乞いをしてかけがえのないわが子を託したあの時の幼児たちが、今こうして長い長い歳月の果てに、夢にまで見たに違いない故国日本に帰って来たのである。あの時の、あの幼児たちが今、帰って来たのである。テレビに映し出される孤児たちの姿を私は到底正視することが出来なかった。

戦争なんだから……恨んでなんかいません……そう言ってくれた孤児たちもいた。私たちにとって一抹の救い、でもあった。戦争さえなければ、そしてあの時、ソ連軍が国境を蹂躙して侵攻してさえ来なかったら、とも思う。許しがたく、それを恨みにも思う。だが、それより何より在外派遣軍の任務は、いついかなる状況下にあれ、国益の保全、そして住民の保護にあったのではなかったか。

ならば、いかに終戦の大命下るとはいえ、関東軍五十九万の軍人一人一人がその死と引き換えにしてでも、邦人たちを最後の最後まで守り通さなければならなかったのではなかったか。いかに軍命令といえ、屈辱の武装解除など諾々と承引せず、在留邦人の最後の一人が列車やトラックに乗り終わるのを見守り、助け、ぶじに出発するのを見届けるまで、敢然とその任を果たすべきではなかったのか。

私は、今も忘れることの出来ない、そして許すことの出来ない関東軍一部将兵の、あの時の心ない所業の数々を知っている。在留邦人の集結が遅れたことを理由に、軍人家族の避難列車をすべてに優先させたある軍、泣き叫ぶ邦人たちをよそに、将校満載のトラックを平然と出発させた少なからぬ部隊――身に覚えのある旧関東軍将兵もいよう。

その逆に、心ある軍人たちも数多くいた。邦人たちのトラックを守るため、ソ連軍の前に敢然と立ちはだかった守備隊、避難する邦人の集団に付き添って、婦人たちは胸に手榴弾を秘め、励まし励まし共に山中を撤退して行った軍家族の人たち――そういうけなげな人たちもたくさんいた。

だが、戦い敗れすべては水泡に帰し、おびただしい犠牲者を出して取り返しのつかぬ悲劇の跡を、あの地に残したのである。残留孤児たちは、五千人とも数万人とも聞く。中でも国境方面にはどのくらいいるか、見当もつかないという。思えばあれから、ずいぶんの歳月が経ってしまったが、心ある人たちはすでに早くより個人の立場で、また心ある団体は善意のボランティア活動で、孤児救済の仕事に懸命に打ち込んでくれていることを、報道は伝えている。われわれ旧軍人は、このことに感謝しなければならぬ。

今からでも遅くはない。あの時、あの地にいた軍人たちは、せめてもの償いに、まず何をなすべきか考えようではないか。たとえどんな小さな呼びかけでも、それが救済につながるのなら、無条件で応え力をかそうではないか。幸い、法務・厚生両当局ともかつてない決断の下に、前例にこだわらず〝超法規〟で残留孤児問題に対処することを決めた。中でも厚生大臣・森下元晴氏は、私が関東軍石頭予備士官学校へ転出するまで在校した保定陸軍予備士官学校（保定幹部候補生隊）の先輩である。歴戦の勇士であり情けの心を持つ武人であることを、保定幹同窓の者はすべて知っている。彼なら必ずやる。この上は、官民一体となって力を尽くそうではないか。

戦争は、戦争に無縁であるべき人たちに抜きがたい苦痛と悲劇をもたらし、その中で無数の悲しい孤児たちを生んだ。その孤児たちが、ひた待ちにわが祖国の受け入れを待ちあぐねている。そしてその孤児たちを、戦後の混乱の中で育てあげてくれた中国の人たちは、恐らくわれわれの計り知れぬような大変な苦労をしながら、その日の来るのを待ってくれているに違いない。

それを思えば、一日も早く、一人でも多く、旧満州の残留孤児対策に全力を注ぐことが、日本を信頼し、待ちつづけている人たちに報いる最大のつとめであろう。私は自戒をこめて、そう心から訴えたい。

大隊長、死出の旅路へ

――私は残留孤児来日に当たり、以上のことを『言論春秋』に寄稿し、小紙『雄叫』にも記し、自戒の思いをこめて各界有識者に訴えた。私は、私たち武装集団の責任において保護すべき立場にありながら、「わが軍の敗戦」という事態の中で、彼らにむごい残留を余儀なくさせた痛恨を叫ばずにはいられなかったのである。

その大半を失い、ついに磨刀石を死守しきれなかったわが猪股大隊の残留候補生は、和沢大隊死守する次の複郭陣地、掖河をも敵戦車の蹂躙にまかせ、切歯扼腕する中を「終戦」の命により武装解除を受けた。磨刀石に八月十四日夕刻、一片の肉さえとどめず散った猪股大隊長、そして候補生⅔以上の壮烈な死とひきかえに、そこに残されたものは唯、屈辱と無残であった。

そしてあの時、津波のように怒濤の進撃をして来たソ連軍に急追され、逃げまどった無数の邦人の中に、わが大隊長・猪股繁策大尉の家族もまた、いたのである。

猪股大隊長は、石頭予備士官学校に赴任して来る前まで、安東省の安東中学校に奉職する配属将校であった。

昭和十六年七月以来、満ソ国境守備のため神武屯、遠音山等でその任に就いていた猪股大尉は、十九年七月、安東中学校に着任、そして翌二十年六月まで中学生に軍事教育を施していた。その大尉に、石頭への赴任命令が出たのは六月五日のことである。日ソ開戦の二か月前であった。

猪股大尉は青森県南津軽郡の出身で、名門東奥義塾を卒業してから、故郷の松崎尋常高等小学校に奉職中、東京の近衛歩兵第一連隊に入営した。近歩一は至尊の警衛《けいが》であり、家門の誉れ如何ばかりであったかと思う。そこで甲種幹部候補生に採用されたのち、再び故郷へ帰って長峰高等尋常小学校の訓導をしていた。

やがて支那事変がはじまり、激戦の呉淞《ウースン》、武昌等を転戦した若き学徒士官であった。そして前述したように十六年、運命の満州へ来たのである。

本来なら、教師を天職として生涯を貫くはずであった。だが戦争はその運命を変え、その教師としての最後のご奉公を、異国の地、安東での軍事教官として終わらせている。だが、各地を転戦して来た猪股大尉にとって、その安東での一年たらずが、当時二十五歳の房子夫人、三歳になったばかりの長男・大策君と家族水入らずで平和に過ごせた、じつは最後となったのだった。

六月五日、石頭予備士官学校への赴任命令を受けた時、猪股大尉は、すでに暗雲おおう国境での死闘を予感したか、家族にその任地での新任務を告げなかった。そして、ささやかな別れのうたげの一夜を、自宅で学校同僚たちと過ごした翌朝、万感の思いをそこに残したに違いない夫だったと思うのに、なぜか一度もふり返らずまっすぐに歩いていった、とのちに房子夫人は家人に語っている。その夫人は、間もなく産《う》み月を迎えようとしていた。そのため故郷から、夫人の実妹、昌子さんが出産の手伝いに来ていた。

そして八月五日、次男の東策君が生まれた。夫人は直ちにそのことを、石頭にいる夫の許へ手紙で知らせた。男子だったら東策、女の子だったら行子がいい、とそう言い残していったその言葉に従って、「東策」君の誕生を知らせたのである。

折返し、八月十日頃、返事が来た。ところが、その中に妙に心にひっかかる一行があった

──「妹を一人で帰してはいけない。絶対に二人は離れず、必ず一緒に行動するように」。

じつは、東策君が誕生したら一か月ほどして内地へ帰るからという約束で、妹の昌子さんは来ていた。大尉はそれを知っていて「それまで頼むよ」と言って安東をあとにしたのだったが、何故かそのことをしきりに念を押すがごとく書いてあった、というのである。

しかも、肝心かなめの東策君誕生の喜びについては、ひと言も触れていなかった。

ということは、大尉の手紙は夫人からの朗報に対する返事ではなく、すでに「敗戦」を見通した大尉の、最後の手紙ではなかったか。とすれば、大尉は東策君誕生を知らぬまま磨刀石攻防戦を指揮したことになる、とも思われる。

だが、安東から石頭まで、軍事列車最優先の開戦直前ではあったが、輸送手段はまださほど混雑をきわめてはいなかった、と見る人もいる。平時なら、安東から奉天へ、そしてハルビン経由で牡丹江から入る鉄路を利用して約二昼夜、路線キロ数約千二百キロの旅だったという。

それなら仮に倍かかったとしても四昼夜、だから五日に発信した東策君誕生の夫人の知らせは、磨刀石へ出撃する十日深夜までに、大尉の手許にぎりぎりのところで届いた、そして誕生を知ったと私には思えてならない。その返事を書いたかどうか、それはもう永遠に判らない。そしてたとえ書いたとしても、大混乱の事態がその直後からはじまっているのだ。安東の家族には到底着かなかったろう。すでに邦人たちの避難撤退がはじまっていたからである。

——猪股大尉は、東策君の誕生を知っていた、と私はさきに書いた。それは、私なりに根拠があってのことである。

大尉は、すでに妻の産み月を七月下旬頃には、と予知し、その旨ふるさとの姉の許へ石頭から知らせている。そして、「東策」あるいは「行子」の命名のことにも触れたその中で、〝……残して来た女子供ばかりで、異国で留守を守る家族が寂しかろうと思うけれども……〟、「断じて勝たねばならぬこの決戦のために、あらゆるご辛抱をお願い致します」と、決意を披瀝している。

大尉は現実の「東策」君の姿こそ見ていないが、安東で、産み月を迎えた妻、房子さんのお腹の中に、その澄み切った目で間違いもなく透視し、そしてその時から、東策君は愛する次男坊として、大尉の胸の中にしっかりと永遠に、大切に宿ったのだ。

あの大尉なら、あの猪股大隊長なら、きっと間違いもなくこの時に、次男東策君の姿を見たに違いない、と私は確信している。私が東策君誕生を大尉は知っていた、と書いたのはこの故にである。

そして、大尉は、家族との訣別のあの朝、〝すべて〟を捨てたのだ。愛する妻とも、長男大策君とも、妹さんとも、そして胸に宿した東策君とも、あの朝、この世の最期の別れをしたに違いない。ふり向けば未練が残る、思いが残る——大尉は、すべてをふり捨てて死地へ赴いたに違いない。私は、そう思えてならないのである。

「断じて勝たねばならぬこの決戦のために、あらゆる辛抱を……」と姉に宛てた最後の手紙は、大尉自身の胸の内を切ないほどに披瀝していた、と見えないだろうか。

そして、落日の運命にあるわが祖国最後の防波堤たらんとして、大尉は、その日から私事を一切捨てた、と私は考えている。それが証拠に、石頭でも磨刀石の陣地でも、大尉から私事にわたる話を、家族の話を聞いた者は、ただ一人もいないのである。

大東亜戦争の勝利を常に念じていた猪股大尉は、だから愛児たちの命名にあたっても、長男には大東亜の「大」をつけて大策とし、次男には「東」をつけて東策とした。そしてもし女子なら、その大東亜戦争の前線に行く父の心境として「行子」としてほしい、と至誠の心境を妻に託したのである。

だから、分身となってわが魂を享け継ぐこの子らにわが思いを託し、身はたとえ戦野に果てようとも、わが魂魄をこの世にとどめてこの子らを守り抜かん、とあの日、心に決めたのではなかっただろうか。

それだけに、戦うすでにその前から大尉の姿は、さながら生ける化身——鬼神そのものであった。すでに生もなく、死もなかった。あるは使命達成のみ。敵撃滅である。

撤退命令を拒絶

話は開戦直前にさかのぼる——。

ソ連軍侵入を受け、これを撃滅すべき第五軍の命令を受けた特設歩兵連隊長・荒木護夫中佐は、のちに攻防死闘の第一線となった磨刀石へ派遣する大隊長を、誰にするか決心する時、迷わず直ちに猪股大尉を決定した。前線に向かう列車は、候補生を満載して石頭を出発し、すでに掖河まで前進していた。煙をふき上げて待機中の列車の前にむらがる幹部候補生集団は、銃をきらめかせ、まなじりを決して出発命令を今や遅し、と待ち構えている。

荒木連隊長は、瞬時に決断を下さねばならなかった。そして、猪股大隊長指揮する第一大隊を即座に決定したのである。その決心の第一は、そしてすべては、猪股大尉が立派な幹部候補生出身の将校であり、第一線で独立して任務を達成出来る真に信頼し得る指揮官であるということに他ならなかった。その上、大尉を補佐する各級幹部は、全部いずれも石頭での教育中、起居をともにした部下たちであり、若き区隊長たちもまた教え子である。信頼この上なかった。荒木連隊長は、

「私はわが子を猪股大尉に託するような気がして、思わず『頼むぞ』と言ったことを覚えている」（『続槙幹』より）と、のちに述懐している。

こうして、軍命令は発せられた。

二十・八・十一午後二時

軍命令＝一部ヲ磨刀石ニ派遣、小林部隊（野戦築城隊）ノ指揮ニ属シ、敵戦車ノ前進ヲ阻止スルト共ニ、主力ハ掖河東側台地ヲ占領、軍ノ複郭陣地ヲ構築スベシ

連隊命令＝第一大隊（猪股大隊）ハ磨刀石ニ前進、主力ハ掖河東側台地ヲ占領ス

この命令により、和沢直幸大尉指揮する千三十名の和沢大隊は掖河に陣地配備、猪股繁策大尉指揮する九百二十五名の猪股大隊が、再び列車（無蓋貨車）にうち乗って第一線へ、即ち、磨刀石へと急行したのであった。時に八月十一日午後二時——。

車上で、大候補生集団の意気まさに天をつくものがあった。ひた走る貨車とすれ違いに、前線から後退して来る多くの兵士たちや、トラックがあった。そこに交じって、邦人たちの避難する様も望見出来る。早くも、国境付近は蹂躙されたか？

一刻も早く、一刻も早く群がる敵中へ突進しなければならぬ。期せずして軍歌の大合唱が車上にわき上がった——。

あまねく八紘しろしめす
金鵄輝くみいくさの
楨幹たらん抱負もて
士道の庭に集いたり
げに光栄のきわみかな
吹雪竜巻く白頭の
嶺を枕の大道場
眉宇に決死の意気つよく

猛き練武に励むなり
聞け堂々のその響き

歴史古今に連らなりて
父祖が遺烈の後を承け
一誠貫く純忠は
撃ちてし止まん炬《ひ》と燃えて
いざ征かんかな決戦場

われらが石頭予備士官学校の校歌であった。車上に立ち上がり、汗をぬぐいつつひろがる平原を凝視する候補生も多かった。軍衣袴の上に、幅広の体操衣用ベルトを締め、そこに軍刀を武者姿よろしくぶち込んでいた者もいる。列車は、ひた走りに走りつづける。

（大隊長は、どの辺に……？）私は、車上に立ち上がり、くねくねと蛇行して前進する無蓋貨車を見わたした。その時——突然、バリバリバリッと、機銃掃射の炎を射ち込みながらソ連軍機が三機、おどり狂うようにして車上に急迫して来た。一瞬の間であった。

「退避ッ　退避ーッ」ガクガクッと急停車した車上に、悲鳴にも似た絶叫が上がる。

早くも朱《あけ》に染まって車上からころげ落ちる候補生がいた。勇敢にも軽機の両脚を戦友の肩にのせ、頭上の敵機にマメをいるような音を連射させながら、応戦している候補生がいる。

車上に、目のくらむような炸裂音がとどろき、数名の候補生が吹っ飛ばされる。その上にレールが大蛇のようにくねりつつはね上がり、貨車を叩き付ける。

軌条沿いの側溝に身を伏せたその上に、バラバラと降って来るものがある。木っ葉みじんとなった貨車の側板であった。その下敷きとなって死んだ候補生もいる。蒸気機関車も被弾したか、シューッとはげしい蒸気を吹きあげ、車軸から黒煙に包まれはじめていた。

横倒しになった貨車を楯に、三八式歩兵銃の一弾一弾を必死に空中に放ちつづける。だが翼をバンクさせつつ、候補生たちを狙い射ちするごとくソ連軍機は執拗な銃撃を浴びせて来る。（こんなところでやられてたまるか）――あとでこの付近に肉攻壕を掘りながら、ひとしきり空襲の話が出た時、誰もがそう思ったという。

そして、あの時、くずれゆく車上に凝然と軍刀を構え、立っていた将校のことを皆が目に浮かべていた。それが、猪股大隊長戦死の戦場で見せた最初の姿であった。

大隊本部にあって、のちに大隊長戦死のその時まで終始、死生を倶にした奥山治候補生は、猪股大隊長が無蓋車の上ではげしい銃撃をものともせず、「散開せよ！」と命じたまま、ただ一人車上に佇立し、愛刀をしっかりと両手で前について急襲する敵機をにらみすえながら、「まるで銅像の如く毅然とした姿」でいたのをすぐ側で目撃している。

死地に向かう候補生たちにとって、この時ほど凛々たる勇気が全身にみなぎったことはない。（この大隊長のもとに死ぬ。大義に生きるを欣びとすべし）――誰もがそう感じたという。

各中隊は、各台地を占領しそこにソ連軍戦車をむかえ撃つ肉攻壕の構築をはじめた。そこが二日後には、候補生たちの柩となることを知らずに……。いや、知っていたのである。〝かくすればかくなるものと知りつつも……〟われわれはそれを口に出さず、自らの死に場所を、それぞれが敵をむかえ撃つ恰好の場所を求めながら、素手と鉄帽で掘りつづけたのだ。

猪股大隊長を守るがごとく、強固な陣地が構築されたのは、磨刀石西側の小高い丘の中腹であった。そしてそこは一望のもとに敵戦車侵入路を望見出来、各中隊の布陣状況もまた手にとるごとく見てとれる場所であった。ある意味で、もっとも危険な位置でもあった。だが大隊長はそこを指示し、堅い岩盤まじりの土砂と闘いつつ、辛うじて下半身が入る程度の壕を掘った。（もっと掘らなければ大隊長の身が危ない）と思いつつ構築をつづけたが、大隊長はもはや、それ以上掘り下げる要なし、といわんばかりに壕から身を乗り出し、双眼鏡を手に各中隊の布陣を凝視しつづけていたという。

掖河より、連隊命令が届いたのはその時のことである。

伝令は、無蓋貨車とともに後退命令を持って大隊本部に来たのである。猪股大隊は磨刀石を撤収、掖河に後退せよの命令であった。だが猪股大隊長は、即座にこれを拒絶した。再度にわたる伝令の、命令伝達に再び耳をかそうとせず、もうすでに用はないとでもいうように各中隊陣地を見守りつづけるばかりであった。

間もなく——九百二十余名の猪股大隊を迎えに来た貨車は、空《から》列車のまま送り返されていった。汽笛一声を残し、〝生への使者〟はこれで永遠に去っていったのだ。

われらに退却なし
あるは敵撃滅のみ
我等は陛下の股肱なり
我等は武士なり

死のうか、死ぬまいかと思えば、死ね

それが、石頭教育の真髄であった。士道の庭につどい、軍の楨幹たらんと錬武に励んで来た、われらのそれが誇りであった。使命であった。猪股大隊長が、〝退却〟の列車を送り帰したのは当然のことであった。いんいんたる砲声は、時を追って国境方向より近付きつつあった。稜線上いっぱいに、もうもうたる土色のけむりが望見されはじめていた。すでに敵は指呼の間に迫っていた。そういう中で、仮にも撤退命令が出たにせよ、諾々と承引出来るはずはなかった。おびただしい避難の邦人が、陸続と台地下を南下中なのだ。見殺しに出来るはずはなかった。

その日、十二日の夕刻、敵戦車が磨刀石の隣り代馬溝へ侵入の情報がもたらされ、夜半十一時半頃、挺身斬込隊を編成、拓大出身の区隊長・若槻秀雄見習士官以下三十一名が出撃した。こうこうたる月光の下、猪股大隊長から訣別の恩賜の酒、そしてタバコが斬込隊員に配られた。鉄帽に白布を巻き、腕に携帯天幕に包んだ爆雷を抱えていた。さいごに一個ずつの握り飯が配られるのを見た大隊長は、

「いま一個ずつ持っていけ」と本部員に促がした。すでに、磨刀石では数少ない手榴弾と同じほど貴重な一個であった。われわれは石頭出発いらい、乾パン一袋が最後の食糧だったが、大隊長がその乾パンさえ口にほおばるのを見た者はいない。奥山候補生によれば、「全く食べていない」ようであった。だが大隊長は、死出の旅路に向かう三十一名の愛する部下たちに、もっとあれば更にもう一つずつ握り飯を持たせたい思いで、いっぱいだったのではないか。

大隊長戦死、そして長男も

——そして翌早朝より、戦争は始まった。

最前線の山裾沿いに、敵重戦車がまず五輛、姿を見せはじめ、相次ぐ後続戦車が砲撃を繰り返しながら肉攻壕に布陣する候補生集団の前へ接近して来た。命令では、敵戦車群が眼前の道路一線上に勢揃いしたところへ、一斉に肉迫攻撃をすることになっていた。

が、ついにそれを待ち切れず、こらえ切れず、バラバラ、バラッと肉攻候補生たちは突進して行く。忽ち、阿修羅のような死闘が展開された。「猪作命第〇〇号……」と、双眼鏡を

しっかとかまえ、次々に命令を下達しつづける大隊長の回りに早くも、銃砲弾が降り注ぎはじめた。その大隊本部では、いなごのようによじ登っては砲塔からふり落とされる候補生、黒煙を吹き上げ爆砕される敵戦車のキャタピラ、そしてその戦車の下敷きとなっていく壮烈無残な候補生たちの鬼神の姿が、涙にしみる眼に飛び込んで来る。

やがて夕刻、主道路の肉攻陣地は殆ど敵戦車に蹂躙され、先頭戦車群の一団が次第に大隊本部近くまで侵入して来た。そのすぐ眼前で、敵戦車の砲塔によじ登り、天蓋を開けて手榴弾を投げ込み、ついにその戦車を奪って今度はその戦車砲をもって、後続する敵戦車を、四輛、五輛、六輛と、またたく間に擱坐させた候補生――鈴木秀美たちがいた。

その夜、敵戦車群はそこに停止、たえず照明弾を打ち上げたり、破壊戦車を炎上させ、われわれの夜襲を警戒した。ぶきみな金属のぶつかり合う音、だみ声、榴弾の炸裂する轟音がとどろき、時に白昼のように上空が白く光り、まんじりともせぬ一夜が明けはじめていた――。

再び、戦車砲の熾烈な砲撃がはじまった。

戦車に随伴する赤軍兵士らが散開しつつ、マンドリン自動小銃を腰だめ射撃しながら肉攻壕に迫って来る。戦車とともに蹂躙しようというのか。そうはさせじと、壕から突進する候補生たち――。敵戦車群は、その十四日朝まで唯の一輛も磨刀石を突破することは出来なかったのだ。候補生の肉弾をもって阻止しつづけて来たのである。焦りに焦るか、敵の銃砲撃は死にもの狂いの様相を呈して来た。

壕にまたがり、ぐるぐるぐるッと三百六十度の回転をする戦車の、下敷きになる肉攻壕が続出する。死闘の末、手榴弾を発火させて胸に抱き壮烈な自決をする候補生も相次いだ――。

「天皇陛下、萬歳ーッ」

「一つ軍人は……」、五箇条を高らかに唱えつつ自爆する者もいた。「海ゆかば……」の絶叫の中で、轟然たる炸裂とともに果てた候補生もいた。

大隊部に落下する砲弾も熾烈をきわめた。だが、猪股大隊長は凝然と胸を張り、まるで塑《そ》像《ぞう》のように壕に立ちはだかって、「猪作命第〇〇号……」と、澄みわたるような声で傍らの大山副官たちに下達していた。このさながら鬼神の姿の前には、敵弾も避けて通ったのだろうか。

夕刻四時――ついに猪股大隊長は最後の突撃を決意し、残された全軍あげて敵戦車と刺し違えるべく、命令系統上指揮を仰ぐべき立場にあった野戦築城隊・小林達輔大佐のもとに、単身急行していった。そしてその時、戦車砲弾の直撃を浴び、一片の肉片さえとどめず、大隊長は壮烈な散華を遂げたのであった。

思えば大隊長は、あの出撃のその日から、すでに死を決していたに違いない。そして死の刺し違えをもって祖国安泰の鬼となろうとしたに違いない。避難して行く在留邦人の群れに、大隊長はふと安東に残して来た家族のことを思い浮かべただろうか。それは誰にも判らない。

ただひとつ、はっきりと判っていることは愛する候補生たちが十二日、十三日そして十四日と、死闘の中で相次ぎ散華していったことが、どれほど大隊長の胸を切りさいなんだことか、ということである。この候補生と一緒に死ぬ、一輛でも一兵でも敵を爆砕しつつ……。もはや大隊長には、生も死もなかった。死を超え尊厳無比の魂の権化のごとく、敵の前に立ちはだかったのだ。

そして、六十三輛の敵重戦車と、数百に及ぶ敵歩兵を殺し、磨刀石に四十八時間以上も敵を釘付けにした。わが命と、六百余名の部下の死の突撃とひきかえに……。

——こうして、大隊長は死んだ。むろん、その時安東にいた家族は知るよしもない。

翌日、終戦の悲報が伝わり、房子さんたちは大勢の邦人たちとともに避難行のうずの中に巻き込まれていくことになる。胸に、生まれたばかりの次男・東策君を、背には三歳の長男・大策君を負い、妹さんとともにあてどない流浪の旅路に向かう。

そして十一月、酷寒と飢えのさなか、長男の大策君はジフテリアにかかって死んだ。三十日午後四時過ぎのことである。丸く太ったかわいい、弟思いの大策君だったという。

ふるさとへ還れるのぞみひとすじに
　吾が子を背負いて徒歩《かち》し三十里よ

みまかりし子は胸に抱き今一人
　背負いて我等黙々歩めり

房子夫人はのちに帰国後、こうその時の想いを詠んでいる。さぞさぞ無念であったろう。そして昭和二十一年十一月二十日——ようやくの思いで、ふるさと青森へ帰って来た。痩せこけて小さな、幼ない東策君に、大隊長の姉みほさんが、輸入とうもろこしを混ぜた白米のご飯を食べさせた時、白米には見向きもせず、とうもろこしばかりを拾って食べたという。飢えの長道中の中で、どれほどひどい食糧だったか、引揚げ行だったか——改めて偲ばれて、みほさんと房子さんは東策君を抱きしめて号泣したということである。

やがて東策君が物心がつきはじめる頃になると、父さんどうしたか、とまだ見ぬ父の面影を慕って母親にせがんだ。夫がその後、どうなったか、どこにいるのか生きているのか、それとも戦死したか、もたらされる情報はひとつもなかった。

だが二十三年三月二十日、ついに恐ろしい一通の知らせが届く。夫、猪股繁策大尉の壮烈な戦死の公報であった。房子さんは、東策君を抱きしめ、泣き明かした。

汝が父のみたまは常に胸に生き
　死せるにあらずと子に語るなり

星空を眺め居たりき東策は
　我が父はあれに居るかと問うなり

亡父はこれ我生まれしはここと赤丸を
　地図にしるして一人笑む吾子よ
現世《うつせみ》のちぎり短かくありけるも
　永遠の国に夫待ちたまふ

そして十年後、昭和三十年四月二十六日、傷心の房子夫人は亡くなった。まだ三十五歳であった。

天国で、長男の大策君そして繁策さんと、房子さんは今頃なにを談笑し合っていることだろう。多分、それは、今はもう三十七歳となった東策君が、ふるさとで警察の中堅幹部として活躍していること、そして東策君の親子四人の幸せな家族の日々のことかもしれぬ。そして、東策君が今生きている日本が、平和な毎日がつづいていること――それを祈るような思いで、大隊長たちは天国からきょうも見守りつづけておられるに違いない。

第三章　声なき雄叫び

抗戦に殉じた人びと

軍官民の自決相次ぐ

私が中央公論社発行による『実録太平洋戦争』（全七巻）の編さんに従事していた折、その最終巻の第七巻は〝大東亜戦争〟のしめくくりとして、「開戦前夜と敗戦秘話」にかかわる実録を収録しようということになった。

そこで、数多くの敗戦前夜を綴った作品があった中で、「敗戦秘話」のうち〝最後の抗戦〟篇には、たとえば「北千島守備隊降伏せず」（伊藤春樹・当時北千島占守通信隊司令）、「国境監視哨全滅」（迫田好彦・当時東満第十一航空情報連隊三角山監視哨長）、「海軍最後の抗戦」（横井俊幸・当時第五航空艦隊参謀長）、「八月十五日の特攻隊」（金子甚六・当時鹿屋基地彩雲特攻隊員）、「本土決戦命令」（稲葉正夫・当時大本営陸軍部参謀）等々が、また〝敗戦秘話〟篇には、「玉音盤争奪事件」（蓮沼蕃・当時侍従武官長）、「北満開拓団の最期」（飯島四郎・当時仁義仏立開拓団員）、「支那派遣軍の降伏」（今井武夫・当時支那派遣軍総参謀副長）、「流れる星は生きている」（藤原てい）、「最後の烈士たち」（大東塾編）等々が収録されることになった。

ところであの敗戦の八月には、わが国はじまって以来の未曽有の事態の中で、多くの終戦拒否、徹底抗戦の挙があり、また軍官民を問わず、じつに多くの決起、そして自決が相次いで起こった。

首相官邸襲撃、陛下の玉音盤奪取のための軍隊の直接行動、上野の山へ立てこもった宇都宮の一箇中隊など、さらに民間では八月二十二日、愛宕山に立てこもり自決した尊攘同志会の十二烈士女（後述）、そして翌二十三日には宮城前で陛下のご安泰と宝祚の無窮を祈念して自決した明朗会・日比和一六氏など十二烈士、そして二十五日には代々木練兵場で大東塾の十四烈士が古式に則り自刃して果てた（後述）。

この烈士たちの思いは、終戦のご詔勅は陛下のご意志でなく強要されたものであり、従って断固として阻止するというものだった。そして最後には、陛下に死を以てお詫びする、そして死して護国の柱たらんと自決を遂げたのである。

一方では、内地・外地を問わず多くの軍人たちが、わが国敗戦に絶望し、あるいは敗戦を肯んぜず、あるいは敗戦の罪万死にあたいすとして、壮烈な自刃・自決を遂げている。

芙蓉書房が刊行した大書『世紀の自決』によれば、五百六十八柱の軍人・軍属が、あの終戦の日以来、短時日の間に自決している。尽忠至純、壮烈な最期は、同書に詳述されているところであるが、昭和四十三年夏、この世に出された『世紀の自決』の編者・額田坦氏は、終戦時、阿南陸相の下で人事局長をつとめ、戦後巣鴨に重労働六年の刑をもって拘置されていた。のちに千鳥ケ淵戦没者墓苑奉仕会の理事長もつとめられた方だけに、万感の思いをもって編さんに臨まれたに違いない。

また発行人・上法快男氏は、ご令弟上法真男大尉が二十年一月、ルソン島で海上挺身戦隊長として壮烈な戦死を遂げられている。上法大尉は、十八年の常徳作戦では脚に重傷を負いつつも担架に乗って、城内に突撃した勇士であった。そのご令兄の経営される同社は、戦争記録の集大成等に多年にわたり携わっておられるのである。かかる人びとの手によって編さんされた大書である。読者各位に熟読をお奨めする所以だが、その中には阿南惟幾・田中静壹各陸軍大将や、大西瀧次郎・宇垣纒各海軍中将など多くの将星の最期をはじめ、家族ともども自刃された、たとえば第一総軍司令官（終戦時）杉山元元帥ご夫妻、九月三日、ご夫人と長男（九歳）、長女（二歳）とともに自刃された大本営陸軍報道部の親泊朝省陸軍大佐、もしくは八月二十一日ご夫人とともに自刃された長瀬武海軍大尉など、十二家族の最期の模様が明らかである。

私はこの本を入手以来、この神のような殉国の士たちのことを胸にとどめるべく、どれほど繰り返し繰り返し、拝読したことか。そしてその中でとくに心ひかれたのは、同書の中にあった私と同じ多くの学徒出身士官の最期であった。同書より、その中の数柱を要約して謹述させて頂く――。

☆関口重二郎見習士官（中大専門部卒・二十三歳）＝八月十七日、駐屯中の群馬県安中町の、寺の境内で桜の枝を伐りはらいその下で日本刀により割腹。

☆岩崎邦夫陸軍少尉（横浜高商卒・二十四歳）＝八月十九日、ジャワ島で自らつくった洞窟陣地で、正装して東方を拝し拳銃で眉間をつらぬく。遺書「大日本帝国に殉ず……」

☆肥田武陸軍航技中尉（京都高芸卒・二十四歳）＝八月二十三日、金沢海岸で古式に則り自刃。遺書「……私は部下を故郷へ帰しましてから腹を切って日本武人の面目に従います」

☆森崎湊海軍少尉（満州建国大・二十二歳）＝八月十七日、三重航空隊の海岸で短刀により割腹後、左胸部を突き刺し自刃。遺書「アメリカが来たらおそば離れずお護り致します……」

☆長島良治海軍中尉（明治学院高等部・二十三歳）、中原一雄海軍中尉（関西学院大経済科・二十三歳）＝八月二十三日、機関銃で相共に自決。遺書「神州不滅を信じ、生きて恥を千載に残すより死して護国の鬼と化す……」

☆藤田正雄陸軍技術中尉（浜松高工卒・二十二歳）＝八月二十七日、勤務先川崎航空機工場の壁に「七生報国」と大書し自決。遺書「光輝ある帝国の歴史を米兵の足下に踏みにじられては我慢がなりません……」

以上、学徒士官のごく一部を『世紀の自決』より要約して謹述させて頂いたが、五百六十八柱のうち同書には百四十四柱の遺書、自決のお姿が活写されており、到底涙なくして拝すことは出来ない。

ところで、こういう軍人の相次ぐ自刃の中で民間でも、前述したごとく壮烈な〝抗戦の自決〟を遂げた人びとがいたのであった。たとえば、『実録太平洋戦争』に集録した、大東塾編にかかわる「最後の烈士たち」というのは、冒頭にも少しく触れた大東塾十四烈士の自刃である。

『実録太平洋戦争』に収録した作品は、それまで殆どを読破していたが、大東塾編による「最後の烈士たち」を見たのは、その編さんの時がはじめてであった。この巻の解説を担当した評論家・荒正人氏は、巻末にこう評している——「……八月十五日前後の混乱の中で、自己の責任を感じ、自己の信念をつらぬいたのである。この人たちは烈士と呼ばれている。日本人の伝統を強く承け継いだ人たちである。一つの人間記録としても貴重であると思う」と。

大東塾は、影山正治塾長（故人）が大陸に出征中に敗戦を迎えた。十六日以降、「もはや蹶起義挙の時機は過ぎ去った。深き神慮に随順し、このまま静かに割腹自決して陛下にお詫び申し上げ、熱禱もって祖国再建の人柱に立つべきだ」とする自決説に対し、「一連の敗戦責任者を斬り、その上で割腹自決したい」という反対意見が出た。

塾長代理影山庄平は、「塾一統を代表して一人割腹、陛下にお詫び申し上げる」と決意を披瀝したが、塾生たちの強い反対で、ついに一同うち揃って割腹と決まった。

そして二十五日払暁、代々木練兵場（今の代々木公園）の通称、十九本欅付近に、ひもろぎを設けて祭祀を行ない、十四柱が古式通りの作法で双肌ぬぎ刀に白布を巻き、自刃し果てたのであった。

神社で、古式に則り切腹した宮司もいる。

浅草・鳥越神社の宮司、鏑木建男氏である。出征に際し、武運長久を祈願して戦野に送り出した人びとに対して申しわけがたたぬ、わが国敗戦は断じて承服しない、として終戦の翌日、白装束に身をととのえ、自刃し果てたのである。皇居を拝しつつ……。

終戦の翌十六日の朝、一人の少女が死んだ。

東京の両国深川から信州に疎開して来ていた本山深雪さんという、当時まだ数え年十六歳の乙女がいた。深雪さんは、三月十日の東京大空襲で一家が全滅、両親を失った。女学校二年生の時である。

京都在住の史家・中康弘道氏によれば、深雪さんは疎開先で日本敗戦を聞いて死を決意、前夜お風呂に入って身を浄め、洗い立ての着物に着替えて、机の上に香を焚きそこに遺書を残していたという。翌朝発見した時、その自刃の作法はまさに古武士そのもので、亡き父君に教えられていたか、それとも自ら日頃、身に修めていたか、腹一文字に切り、心臓を刺して絶命していたということである。

そのみごとな自刃の作法により、死装束は血まみれになることなく、鮮血は心臓のある片方だけに一筋に、きれいに流れていたという。「――私は女ですが、こういう非常の際、武士の作法に従い腹を切ります。死して護国の鬼となります」旨の遺書を残し、十六日朝まだき、神に召されたのであった。

天日を既墜に回さんとして

このように、各地で国に殉じる人たちの自決が相次いだのである。中には、松江市で八月二十四日に起こったごとく、女性八人を含む皇国義勇軍の四十八名が、降伏反対を叫んで県庁・新聞社・放送局などを襲撃する挙に出た、という例も各地にあったようである。

以上列記したごとく、わが国敗戦を肯んぜず、天日を既墜に回さんとして徹底抗戦、死んでいった軍官民は数少なからぬものがあったが、その中の民間有志の一つ、冒頭にも触れた「尊攘同志会」のことを最後に記しておきたい。

私がその壮烈の極みというほかない彼らの自決の事実を知ったのは、シベリアから復員した翌々年のことだった。『占領秘録』(毎日新聞社・昭和二十七年刊)という単行本によってである。その中の一節、〝愛宕山などで相次ぐ自刃〟を一読し、私は胸をはげしく衝かれた。島流しされていた私と、「尊攘義軍」との最初の出合いであった。しかもその後、私は縁あって、この愛宕山のことを傍観者的立場でなしに深く知り得ることになる。

さて『占領秘録』（当時毎日新聞政治部長・住本利男氏著）によれば――

「――愛宕山事件というのは谷川仁、摺建富士夫氏ら尊攘同志会、国粋同盟会員ら十人が戦争継続を主張して愛宕山に立てこもったことである。八月十四日の夜、日本刀を持った国民服姿の男二人が山上で協議をしていたが、十五日、陛下の放送が終わると十人ぐらいが集まり夜おそくまで木陰で協議をしていた。茶店『藤よ』の佐藤やすさんが、どうしたのかと聞くと、〝厚木飛行隊から情報の入るのを待っているのだ〟という返事だった。やすさんは、家には電話もあるから、と言って家に泊めさせた。しきりに戦争継続の檄文をガリ版で刷っては、都内にまきに行った。十七日にその一人が捕えられて、警視庁がのり出した。特高部長の上村健太郎、石岡第二課長が単身、山に上がっては説得につとめた。米軍の進駐が判ると、彼らもやっと下山を納得したが、二十二日の午後六時、どしゃぶりの夕立の中で十人はお互に手榴弾を爆発させて凄絶な自決を遂げた。『藤よ』の主人は外出中だったが帰ってみると、血だらけになって倒れていた。それから一週間後の初七日に当たる二十九日、十人のうちの茂呂宣八氏夫人かよ子さん、摺建富士夫氏夫人静子さんほかに一名が、すぐ側にあるサイレン塔のベンチでピストルで後を追って自殺した」（『占領秘録』より）

新聞人特有の淡々たる記述ではある。だがその行間から、噴き出し飛び散って来るような鮮血と手榴弾爆砕の轟音を、私は見、そして聞いた思いがした。一体、この人たちの一人一人の最期はどうだったのか。手榴弾の留め金を歯でくいちぎった時、この人たちの胸中に浮かんだ想いは何だったのだろうか。時が経つほど、私のそういう思いはつのる一方であった。何一つ敗戦の責務を負うべき立場にないはずの、民間のこういう人たちが自決している！軍隊が、外地で、内地で、命により武装解除を受け、個々の将兵の思いはどこにあるにせよ、やっと迎えた〝平和〟な母国に当時、陸続と復員をはじめた直後である。だがこの人たち――愛宕山の烈士たちは、戦争が終わって一週間の日時ののちに、手を握り合い、肩を組み合って散華している。その死に至る七日間の思いは何だったか。

――それから四年、昭和三十一年秋のことである。文藝春秋社から特集号『目撃者の証言』という一書が出た。じつはその号が出た前月、同じく文藝春秋発行の『赤紙一枚で』という特集号に、私はあの磨刀石の戦闘記録を発表したばかりの時だった。そんなこともあって、ひきつづいて出た『目撃者の証言』号にことさら注目していた。そしてその中に、「愛宕山籠城の尊攘義軍」と題する一文が、あったのだ。

しかも筆者はその折、単身山上にかけつけて説得に当たったと『占領秘録』に記載されている当時の特高第二課長、石岡實氏その人であった。後日談になるが、氏はその後、六代にわたる内閣の官房副長官となり、その在任の〝最長不倒記録〟は今も破られていない。

氏の記述によると、尊攘同志会決起の動きを知ったのは終戦の日の翌早朝、木戸邸襲撃の挙からであった。そして、同志会の面々が相当の武器を準備して愛宕山に立てこもり、次の襲撃の機をうかがっていることが判ったのは、『占領秘録』にある通りその中の一人、稲垣好太郎氏が新橋駅前の電柱に終戦反対のビラを貼っているところを愛宕署員に逮捕され、深夜に至っての陳述によるものであった。翌早朝、山上へ石岡課長らが一斉逮捕に向かったところ、同志会の志士たちはそれを待ち構えていたかのように立ちはだかった。

「……彼らには風を喰らって逃げ去るような気持ちは毫末もなかったわけです。愛宕山上の茶屋の雨戸を蹴倒し、蚊帳から一斉に飛び出した彼らは身拵えも固く、手榴弾乃至拳銃を両手に持ち、白鉢巻も勇ましく寄らば撃つぞ、ブッ放すぞと絶叫しつつあばれ回りました」（『目撃者の証言』より）。こうして激しい双方の気迫の中で相対峙したまま一夜が明け、十八日午前八時頃、石岡課長と西海という警部が説得のため再び近付いた。ところが、同志会の摺建富士夫、谷川仁、飯島与志雄の三氏は、

「彼我の間概ね二間の間隔をへだてそれ以上近寄らせず、それより近付くと撃つぞと言い、右手に拳銃左手に手榴弾を構え、そのままの姿で談判を始めました。終戦の御詔勅が下ったのだからもう無益な行動はやめて、穏やかに山を下りたらどうか、というこちらの話に対し、その詔勅は偽ものだ、日本には二千六百年不敗の歴史がある、負けてよいという詔勅などあるわけがない、と言い張ります。更に声を大にし、一体警察は敗けたらどうなるかを真剣に考えたことがあるか、天皇陛下は沖縄かどこかに流されるだろう。日本の米と石炭は支那に持って行かれるだろう。更に日本の婦女子は強姦され混血されるだろう。そんな形で生きて何の甲斐あるか」（同前）

と意気まことに軒昂で、説得側の話に断じて納得しようとしなかった。会談は平行線を辿ったまま、いたずらに時は経つばかりである。二十日には、上村健太郎特高部長がかけつけ、山の周辺は特別警備隊で固められ、一両日が経った。二十日には、軍から憲兵隊の塚本誠大佐が急行、御前会議の模様、軍の一部の蹶起の状況、そして目下全員一致、終戦に協力しつつある有様などを話し、下山を説いた。

ところがそれまで黙って聞き入っていた摺建氏は、やにわに日本刀を右手に握りしめると姿勢を正し、「一体、軍というものは国家非常の時のためにあるものと諒承しているのに、最も非常の現在、かくも天皇の宸襟《しんきん》を悩まし奉り、何たる不甲斐なきことか、その責任はどうするのか……」（前出）と詰め寄った。こうして、ぎりぎりの対決の中であの運命の八月二十二日が来た。

「――取りかこむ警備隊からは天に向かって威嚇射撃が放たれ、激しい音は山中をかけめぐるようでした。が、徐々に義軍の連中は後退をはじめ、一番北端にある六角堂に集結したかと思うと、天皇陛下萬歳を三度唱和し、つづいてにぶいドンドン、ドンという音が五回響き、土煙りが黄色く上がりました。自爆だと用心しつつ六角堂に殺到すると、三名ずつ肩を組んで真中の者が手榴弾の紐を引いたらしく、硝煙の匂いの下、肉は飛び血は流れ、凄惨そのものでした。摺建君が殆ど意識不明のうちに、天皇陛下萬歳を口ごもっていたのが眼に浮かびます……」（同前）

摺建氏はその辞世に、

粉のごと砕け散る身は惜しまねど

国の行末ただ思ふなり

との憂国の思いをこの世に残した。彼らはその最後を迎えるに当たり、六角堂の中に尊攘義軍六則を掲げていたという。目撃した石岡氏によれば、それは第一番に陛下に対する絶対の忠誠を誓ったものであり、一致団結して生死を倶にし、礼儀を正しくして人のひんしゅくを買わぬように、そして警察官に無益な抵抗を試みざることといった、まことに行き届いた心構えが示されてあったということである。

最年長者、数え年三十五歳の飯島与志雄氏から最年少の十八歳、絹村浩氏など、十烈士のささやかな野辺送りを済ませたのち、茂呂かよ子、摺建静子さんが自決をし、そのあとを追った。二十七日朝まだきのことである。

国守る君と行きますおみなわれ

捨ててかいある命なりせば（茂呂夫人辞世）

戦争に敗れるや、いたずらにその敗戦の責任を回避し、中には軍物資を略奪していち早く帰郷した将校や、進駐軍に巧みにとり入って生活のたつきを求めた、聞くだに恥ずかしい将官たちの少なくなかった中で、戦争と敗戦の責任を何一つ負うべき立場にない民間人の中に、これまでいくつか触れてきたような志士、烈士、烈女たちのいたことに、私はかつて戦野に銃を執っていた者の一人として慙愧にたえず、唯々こうべを垂れるばかりである。

敗戦の責任は、繰り返して言う、われら戦陣にあった者のみにあるのだ。その敗戦を、「至尊辱しめを受け給ふ、臣何ぞ生きん」（愛宕山鎮魂歌より）と、責任をわが一身に負い散華したこれら多くの人たちに、旧軍人たちは何を以て報いようとするのか。まして、こういった壮烈な「抗戦の殉死」を、当時の一部右翼、あるいは〝軍国主義者〟の無謀な愚挙、と仮にもそしる者あるとするなら、私は断じてそれらの人を許すことは出来ぬ。

――数年前、私は中村武彦氏の案内で愛宕山へはじめて詣でた。そして以来八月二十二日に執行される鎮魂の祭典に、境内の片隅で家族ともども参列させて頂いている。

じつをいうと中村氏は、散華した尊攘義軍の勇士たちと死生を倶にすべくして、その時居合わさなかったため死に残った人である。氏とはある学者グループの研究会を通じて昭和三十年はじめ頃からの知己だったが、私はうかつにもこのことを長い間知らなかった。しかも氏は、戦後になってからすぐこの十二烈士女の鎮魂のために、毎年命日の祭りをつづけて来たのであった。

昨年もその日、石岡氏やゆかり深い人々に交じって、私は散華の庭に立っていた。折しも夕闇が迫り、降るような蝉《せみ》しぐれが、祭主の祝詞《のりと》奏上にひときわ悲しみを添えていた。

あの烈士が爆砕した午後六時頃に差しかかった時、ふしぎにも蝉しぐれの木立ちをゆさぶって、一陣の風とともに冷たい雨が降りしきった。たしかあの時、「俄かに黒風暴雨満山を蔽ふ」（弔魂碑より）情景であったと聞く。十烈士、そして二烈女の魂魄が、ここに今おわすと思えてならなかった。心のみ焦り、為すところなきわが身に、烈士女たちの血涙がはげしく叩き付けている。私は立ちすくみつづけるばかりであった。

名将・今村均と自衛官たち

投降よりは餓死を

鉄帽をかぶりしむくろ今も尚
守りあるらん　塹壕の辺《へ》に

今村均大将の詠んだ歌である。戦後、マヌス島で囚われの八年八か月の歳月の間、あのガダルカナルやニューギニアで斃れた部下たちの、無残な身の上に慟哭《どうこく》の思いをはせて、大将はこう詠んだのである。

——昭和十七年十一月、今村大将（当時中将）は、ラバウル方面の第八軍司令官を命ぜられた。そしてその折、陛下より、餓死迫るガダルカナル島になお死闘をつづける将兵を、救

名将と呼ばれた陸軍大将・今村均

出してほしい旨の勅命を拝するのである。すでにガ島は、"餓島"のその名のごとくそれまでに五千余名が戦死、約一万五千名が餓死していた。

そして残る一万余の将兵が、補給線の全く途絶えたそのジャングルの島で餓死寸前の中で、死闘をつづけていた。今村中将は、連合艦隊の山本五十六大将とあらゆる手だてを講じた末、ついにその将兵一万の救出に成功したのだった。次いで、ニューギニアの死戦場にも、救出の手を伸ばす。だが、そこでは一万二千余がすでに斃れ、辛うじて三千の将兵を地獄から救い出した。

今村中将は、道端に横たわりうずくまり、口もきけぬようになっている、まるで〝生ける屍〟のような部下将兵たちの姿に、暗然たる思いにかられる。そして思わず、かけ寄り抱きしめてやりたいような衝動にかられ、ハラハラと涙をこぼしそうになる。だが戦場で、涙は禁物。気力、体力すでに尽き果て、その限界を超えている部下たちの前に涙を見せることは、軍司令官として許せることではなかった。

だが、こんなにもなるまで部下たちは、一兵も敵に走らず、あの死戦場で戦ってくれたのか――そう思うと、涙なくして救出された将兵たちを見ることは出来なかったろう。

「たべものはあるぞ、こっちへ来い」と繰り返す米兵たちの投降呼びかけに、唯の一兵も応ぜず、「投降するよりは餓死を選んだその気迫が、こうして一万からの将兵救出にむすびついたのです」と、大将が涙を浮かべて私に話してくれたことを思い出す。

銃弾雨飛、猛砲撃の中で、餓死寸前、はげしい食物への誘惑をふり切り、ついに敵側に走らなかった気力、迫力——今、この平和な世の中で、この地獄の様を誰が想像し得ようか。歯をくいしばった兵士たちの、凄惨な姿をどう思いえがけようか。

「おれはいい、お前が食え」、わずかな雑草のひとむしり——それさえ最後の貴重な命の糧《かて》である。それを、ある老兵は固辞する若き兵士の手にのせ、「お前が食え、死んじゃだめだぞ」とつぶやきつつ死んでいったという。死のギリギリのところでかばい合い、ゆずり合い、励まし合いつつ、次々に斃れていった将兵たち。

救援の軍来たるを信じ、次第に白骨と化しつつも雄々しき鉄帽の姿そのままに、塹壕から身を乗り出し銃を構えていた兵士たち。ジャングルの木に身を寄せ、塑像《そぞう》のように立ちすくんだままなお敵情を見つめるか、カッと両眼を見ひらいたまま死んでいった兵士たち——。

兵士たちは、あの時、餓死寸前のギリギリのところに追いつめられてもなお敵の呼びかけに一切応ぜず、一兵も敵に走ることをしなかった。二万は死んだがあの地獄から、一万は生きて還って来た。まさに、〝声なき雄叫び〟をもって、敵に勝ったのである。冒頭の歌は、そういう壮烈な将兵たちの姿を偲んでの、大将の想いだったのだろう。

今村大将は、知と情の将軍であった。

昭和十六年十二月、第十六軍司令官としてジャワに進駐した時、そこにいたオランダ人たちに自由な外出を許し、すべてに寛容で他の日本軍占領地域と異なる善政を布いた。中央から派遣されて来た参謀たちは、今村軍政生《なま》ぬるしと、中央に意見具申し、そのため強硬な指示が来たが、今村軍司令官はそれを受けつけず、笑うだけであったという。当時を知る異国の人たち、そしてインドネシアの人たちが、今なお将軍を神のように慕っている所以である。

だが、単に情にあふれるだけの将軍だったのではない。

ラバウル時代、今村大将（昭和十八年五月大将に昇進）はその島に難攻不落の大地下要塞を構築させ、自給自足の方途を確立し、戦闘機も組み立て、新聞まで発行し、執拗な空襲にもめげなかった。そして七万余のラバウル将兵を、終戦まで守り抜いた。

そしてアメリカは、ついにこの島の占領をあきらめざるを得なかったのである。周到緻密な計画と旺盛な勇猛心をもって部下を励まし、部下とともにこの島を守り抜いたのであった。

――戦後、マヌス島へ渡ったのも、自らの罪をもってしてではない。部下たちが囚われの身でいるのを黙視出来なかったからである。そして自ら進んで部下とともに、前述のように八年八か月もの歳月をその地で過ごした。こういう大将だったからこそ、占領軍の軍事法廷は、どうしても戦犯として断罪する罪科を見出すことは出来なかったのである。

昭和四十三年十月四日――今村大将は亡くなった。

それまで、世田谷・豪徳寺にあるお住まいに、私は近くのせいもあって、よくお訪ねした。だが、いつお訪ねしても、大将は決して母屋には住んでおられず、小さな庭の一隅に作られたわずか三畳ほどの小屋の中にいつもおられ、そこでお会いしたのだった。ときたま、旧軍関係の会合に出掛けられる他は、まるで世捨て人のようにひっそりと、そこで晩年を過ごしておられたのであった。

今村将軍は、その小屋に住み、ひたすら部下たちへの慰霊につとめておられたのである。そしていつお会いしても、私がお聞きしたかった在軍四十年間時代の軍功・軍政のかずかずのことは、ついにご自身の口から聞くことは出来なかった。

ニコニコと笑うのみで、話をかわされ、そして話されるのは、いつも亡くなった部下たちのことであり、若き中隊長時代に訓育した東北の将兵たちのことであった。

そして、新しく国軍として誕生した自衛隊の行末を直視され、そこに青春をかける若き自衛官たちへ思いを寄せるのであった。あたかもそれは、ご自身がかつて真に範たる国軍であるために、部下とともに切磋し琢磨し、研鑽された日日を、今日の自衛隊の上にそのまま置きかえ、精強にして信頼の新しい国軍誕生へのステップとして欲しいがごとくであった。

私は大将のご生前、こうしてお訪ねしていたある日のこと、若い人たちに聞かせたい願いもあって、皇軍将兵の思い出、見学した自衛隊の感想、そして教育・道徳の問題などを長時間にわたってお伺いしたことがある。亡くなる八年前、それは三十五年の残暑きびしい日であった。

その折、速記した私のメモが手許にある。だが今改めて読み返してみて、大将の所見は今なお新鮮であり、その時指摘されたいくつかは、あれから二十余年経った今なお改められていないことがあまりに多く、その洞察の深さとともに亡き大将の憂国の思いに、つくづく敬服せざるを得ないのである。温顔あふれる今村将軍の風貌を偲びつつ、ここに再録したい――。（登場する氏名、肩書、階級等は当時のものである）

今村将軍の回想と提言

――今日の自衛隊教育上、旧軍隊の生活あるいは教育から学ぶべきものがあるとすれば、それは何でしょうか？

「いくつかありましょうが、とくに鍛錬の面ですね。私が中隊長（大正四年・歩兵第四連隊第十中隊長）の時、こんなことがありました。佐々木幸三郎という一等兵で内務の成績も演習も、優秀な兵隊だったのですけれども、ある日、大変左の目から頬にかけて腫《は》らしているのが眼に付きました。それで、どうしたのかと聞いてみましたところ、銃剣術の演習の時、ころんでぶっつけたと言うのです。ころがったくらいで、こんなに大きく腫らすものかと不思議に思ったわけですが、じつは佐々木一等兵は本当のことを言っていなかったことが、あとで判ったのです。

その日、週番下士官が私のところに、受診患者名簿を持って点検にやって来たのですが、その名簿の中に、あれだけ頬を腫らしている佐々木の名前が見えない。そこで、佐々木は剣術の時、ころんで石にぶっつけたと言っているが、診断を受けさせ給えと申しましたところ、週番下士官が私にこう言うのです。じつは、あの兵は、班長である私がなぐったのであります、などと言うのです。そして、『私はすぐ中隊長殿に報告してお詫び申し上げた上で、存分なご処罰を仰ごうと思ったのですが、佐々木が、絶対、口外しないでくれ、と懇願しますので、ついついご報告申すのがおくれ、申し訳ありません』と言うのです。

ぶたれた佐々木一等兵が班長をかばおうとしたか、とふと思ったのですが、じつはもっとほかに理由があったのです。というのは、佐々木はほかのことには抜群なのだけれども、どういうわけか銃剣術だけが下手で、これには本人もその下士官も悩み抜いていたらしいのです。いざ向きあって試合をすると、じっと目をつぶってしまうらしいのです。これでは、ろくな動作も出来ない。いくらその点を注意されても直らない。それで班長が、つい『どうしてこの目をあけて試合がやれないのか』と、教える熱心のあまり、ついなぐりつけたのです。ところが、意外に頬の腫れが眼にかけてひどいので、おどろいた彼は、『佐々木！ すまんことをした、許してくれ』とあやまったらしいんですが、佐々木は『この目はあってもなくても同じです。どうか人並みに剣術がやれるよう、もっとつづけて教えて下さい』と、泣き出したので、佐々木を愛していた班長も泣けてしまい、二人は営庭の桜の木の下で抱きあって泣いたということでした。

どちらも立派だな、と私は強く胸を打たれましたが、翌日、銃剣術演習の時、私は佐々木に、今から五、六十余年前、千葉周作先生という北辰一刀流の大剣士のところに、殆ど剣道をやっていない青年がやって来て、年上のさむらいから真剣勝負を挑まれた、どうすればよいかと訴えた時、千葉先生はその青年に、目をつぶったまま刀を構え、相手がなにか仕掛けるように感じた瞬間、ただまっすぐに刀を突き出すことだけを教えて、勝負をさせたところ、相手のさむらいは、その青年のどこにも隙がなく、どうにも手が出せずついにあやまって勝負をやめてしまったことを話して聞かせました。そして班長に、佐々木は目をつぶったままで思い切り相手を突きつづけることを毎朝鍛錬させましたところ、これがうまくなり、のちには連隊一の銃剣術選手となったことがありました。
憎くてなぐったのではなく、なんとか立派なものにしたいという気持ちからにせよ、なぐることはたしかによくないことで、これはあってはなりませんが、教える者も教えられる者も、渾然一体となって真剣に鍛錬していくという態度が、大事だと思うのです。こういった点は、是が非でも今日の自衛隊に必要な教育態度だと思いますね」

―そういう鍛錬という面も含め、自衛隊に期待するものは？　また、ご覧になった自衛官の印象はどうでしたか？

「一昨年、浜松航空自衛隊の見学に招かれて行ったことがあります。その時見聞したことをお話しましょう。見学二日目に、懇談会が開かれました席上、三人の若い隊員が私どもに向かいあって椅子に座っていました。この三人の青年の意見というのが、まことに感銘深かったのです。私たち見学団中の、東久邇様はじめ畑（俊六）元帥とか、荒木貞夫、河辺（虎四郎）、下村（定）それに私などの元大将が、自衛隊の高級幹部とそれに若い三人とが同じ机を囲んだものです。東久邇様が三人に向かい、卒直な意見を述べよと言われました時に、いろいろな見解が述べられました。昔の軍隊なら、元帥や大将などの前ではみんなコチコチになって、口ひとつつきけなかったものですが、どうしてどうして何も憶せずに立派な意見を述べる。これは、今の自衛隊のよいところです。

ところで最初の青年は、香川県出身で昭和三十年入隊の松山高校卒業の隊員でしたが、こんなことを言うのです。『よくわれわれは〝愛される自衛隊〟になれと言われるのですが、若い自衛官の大部分は、これに不満であります。なぜ〝信頼される自衛隊〟になれ、と言われないのでしょう。この点が大いに不満です』と言うのです。

二人目の青年は、熊本県出身で菊池高校卒と言っていましたが、彼の意見は上官の命令についてでした。『われわれは上官から命令を受ける時、〝やれ〟〝やってみよ〟〝やってくれ〟と三通りの云い方をされるのだけれど、昔の陸海軍ではどのように命令されたのですか』と反問して来たのです。東久邇さんが、昔の陸海軍では命令はすべて〝やれ〟とはっきり命令したのだと答えられましたところ、その青年は、そうですか、私たちも、はっきり、やれと命令されると、何だか確信が持てて、やれば出来るんだ、という気がするのです、という返事でした。

そしてもう一人、三人目の青年というのがじつに傑作で、眼光けいけい人を射るというような、鋭い目でじっとわれわれの方をにらみすえていたものですが（笑）、東京都出身で教育大付属高校卒のこの隊員は、三人の中で一人だけジェット・パイロットの操縦資格をとった優秀な青年でした。東久邇さんから、君はジェット機に乗ってあぶないと思ったことがあるか、と聞かれました時、その青年は、あぶないと思うことは乗るたびごとです。今度こそはもうだめだなと、危険を感じたことも多いのです——そう、その青年は答えました。

それで東久邇さんが、ではもうジェット機の操縦は、やめたいという気にはならないかと聞かれましたところ、私は飛行機と一緒なら死んでもよいと思って入隊したのですから、命のことなど考えておりません、とじつにさばさばしているんです。さらに東久邇さんから、君は将来指揮官になる身だが、そうしたらどういう訓練の仕方をとるかと聞かれました時、なんと彼は、私は将来〝やくざの親分〟のようになります、と大きな声で答えたものです（笑）。

びっくりした東久邇さんが、やくざの親分とはどういう意味です、と聞かれたところ、その青年は、私は自分の部下を自分の思った通りに動かします、ぜったいにそむくことは許しません。と同時に、部下が自分の命令には命を的にしても悔いないように服従するように、愛情をもとにして猛訓練をしますと、明快に述べました。これには私だけでなく、並みいる全員がしーんとしてしまい、深い感動に打たれたわけです。

三人ともそれぞれ違った発言をしているわけですが、これだけ勇気ある、確信にみちた発言をする隊員たちがいるのだということを教えられ、私たちもこの懇談会で非常に力づけられたといいますか、大きな収獲でした。今の若い人たちはとかく批判され勝ちですが、ごく一部の者は別としても、大半の青少年たちが純粋な気持ちで正しく伸びようとしているのですから、これを純粋な気持ちで指導していくことが大切なんだとつくづく感じたことです」

――今も忘れがたい軍隊時代の秘話・逸話などありましたら聞かせて頂けませんか。そして、その教訓も……。

「これは、私の軍隊時代の話ではなく、中学生（新潟県新発田中学校）の頃、母親（きよみ母堂）から聞いたことですが、今日でも私の胸に強く印象されている話があるのです。ちょうど中学生の頃、日露戦争が戦われるようになった時ですが、私の家に出征する兵士十名ほどが、十日間泊ったことがありました。その時、一人の班長がこんな話をしたというのです。一人の新兵、かりにYとでもしておきましょうか。そのYが、入営一か月後の正月元旦の午後、突然兵営から姿をくらましてしまったそうです。それまでまだ一か月だけではありましたが、きわめて成績の良いまじめな兵だったのに、それが脱走したというので大さわぎになったわけです。ところが、正月三日の朝、雪を真っ白にかぶって凍《こご》えそうな姿で、兵営に帰って来たそうです。

戻って来た時、昔のことですから、上の者がひどい折檻《せっかん》をしながらその兵を追求したらしいのですが、その兵隊は、ついふらふらと夢遊病者のようになってしまい、いつの間にか営外をさまよっていた、とだけしか言わないというのです。まあ、ふだんの成績もいいことだし、それに脱走とはいえ三日目に帰営したことでもあり、陸軍刑法にはかけられずに、営倉で何日間か重謹慎をさせられたということでした。

ところが、その夏になったある日、Yの出身村の村長さんが隊へやって来て、その村出身の兵を見舞い、そのあとで中隊長に面会を求めて『この正月には兵隊さんに、正月のご馳走を持たせて家庭に帰らせて頂き、まことにありがたく、村全体、ことにYの母親は涙を流して軍隊のおとりはからいを感謝いたしておりました』と、言ったというのです。そんなことをした覚えはないし、ふしぎに思ってよく聞いてみると、Yがお正月に村に帰って行き、休暇を頂いたからご馳走を持って来た、というのです。

村長さんはそれを真実と信じていて、中隊長にお礼を申したわけですね。それで後に中隊長が、初年兵のYを調べて聞いてみましたところ、Yの家は極貧の母一人子一人の家、お正月のご馳走を見たとたんに、母親になんとかしてこの正月のご馳走を食べさせてやりたいと思ったとたんに、つい無我夢中になり、それで、兵舎を抜け出して六里の道を歩んで行き、母と二人でこのご馳走を食べ、その後また、雪の山道を歩いて隊へ帰って来たのだが、本当のことを言うと、家が貧しいことが戦友たちに判るのと恥ずかしいのとで、どうしても白状し得なかった、と泣いたということでした。

晩年の今村均

これを知った班長の下士官は、あんなになぐって相すまなかったと、その兵に心から詫びを言い、そのあとは、その兵の本当の兄弟のように仲良くやっていたという話を、私の母に物語っておったそうです。その下士官が、出征まえ十日間、私の家に泊っていたわけですね。まあ、罪といえば軍律を犯した罪ですが、母を思うこの真情には、だれ一人として胸を打たれなかった者はいなかったと思います。

それにつけても思いますことは、戦後の教育の中で、親に対する考え方、いわゆる孝行というものがとかくなおざりにされ勝ちのようですが、これは大いに考えなければならない問題の一つだと思うのです。人間というものは、人間という字を見ても明らかなように、人と人との間にあってはじめて人間ということが出来るので、単に己れだけを考えるのは、人ではあっても、人間ではありません。人との間、即ち社会という集団の中で、はじめて人間の価値が出て来るわけで、この集団というものにそっぽを向き、これを無視しては、人間生活は成り立たなくなってしまいます。まず、家という集団からはじまり、村に、そして県に、そして国に―、という風にまず家庭をよくすることにはじまって、となりに及び、そして国全体を考える、という考え方を持たなければならないと思います。

昭和三十二年の二月でしたか、NHKの特別修養番組の〝愛国心について〟というテーマで放送があったのを聞きました。その中で甲府の県公会堂で、ある農村青年が、私は愛国心はどういうものかと聞かれても、どういうものが愛国心というのかはっきり判りません。ただ私は幸いなことに非常に頑丈なからだに生まれついておりますので、毎日、自分の畑の作物が昨年よりは今年の方が収穫の多いように願って働き、そして、残った力でとなりの畑を援助し、そうやって自分の近所や村を少しでも住み良いようにしたいと思っています――そう発言しました。

これこそ立派な愛国心の持ち主というべきですね。国際情勢がどうだ、やれなんだという空論より、こういう地に足のついた考え方、歩み方が、これからの日本を支えていく大きな力なのですよ」

――今日の日本人の中でうすれかけている道徳心、道徳教育のあり方、といったものについてご所見を伺えれば……。

「道徳教育というものは、やはりなおざりにはされないと思います。そのいい例があります。北欧にスエーデンという国があります。社会党の加藤しずえ議員がたまたまこの国を視察しての帰朝談に、あれほど世界一のパラダイスといわれるような社会福祉の完備した国でありながら、どういうわけか、離婚者の率は世界第一、また自殺者の数も割合に多い、それに青少年の性的堕落という傾向が多いので、スエーデンの政治家は非常に心配して対策を考究しているとのことでした。あれほど立派な国でありながら、なぜそういう点の心配があるのか疑問ですが、私はその話を聞いた時、じつはハッと胸を打たれたことがあるんです。

中国の有名な格言に、『衣食足りて礼節定まる』という文句があります。これは、古い中国の農民大衆を基準にして、為政者の心得べきことを教えた格言で、今日のような近代社会では、この格言はそっくりそのまま受けとることは出来ないんだ、と気が付いたのです。衣や食物が足りて、頭の〝衣食〟、つまり、頭にしっかりした考え方――道徳ですね、これがなければ、礼節は生まれて来ない。生活が恵まれただけでは道徳心は産《う》まれないのだと気が付いたわけです。

これは一つの例ですが、ソ連あたりは今、アメリカに追い付き、追い越せという国是のもとに、産業の発展に大わらわですが、同時に学生・生徒に大きく道徳心をつぎ込み、かつ徹底的に鍛錬の教育を施行しています。そして、着々と成果をあげている。

日本の場合、敗戦後占領軍から、日本弱体化を目的として与えられた憲法、教育基本法が、独立した今日でもそのまま踏襲されており、道徳心の養成は殆どかえり見られずにいます。これはソ連が、日本の戦前の道徳を、とり入れたように見えることから考えても、教育法は改めるべきだと思うのです。

先般、野村吉三郎先生が西ドイツの駐日大使ハース氏に招かれた時に、私も出席してお話をお聞きしましたが、ハース氏はその時に、終戦後のドイツは、神のおめぐみを受け、ドイツ民族伝統の上に、再建の基礎を置き得たので順調に復興がなされた、と言われました。

ドイツも敗戦を迎えた時、日本同様、占領軍によって憲法を押しつけられました。アデナウアー首相は、ドイツが将来独立した時には、この憲法を廃止するという一条を加えることを、条件とするよう要求して、そうさせました。また日本同様、教育基本法を押しつけられた時は、世界中でももっとも教育が進歩している国は、ドイツだということは世界周知の事実である。もしどうしてもこの教育基本法によって教育を改めよ、と戦勝国が命令するのであれば、全ドイツ民族は、占領軍に従わないだろうと主張し、ついに教育基本法を撤回させてしまっております。

そして立派にドイツ人の手で、ドイツ憲法をつくり、国民教育は、ドイツの伝統をそのままにつづける教育をやっているわけです。今から百二十年前に死んだゲーテという詩人が『自分の祖国を見限って諸国を遍歴して歩いた国際人も、さいごには故国に帰って来、家庭の中に、妻や子供の中に住んでみて、はじめて自分自身の人生を見つけるものだ』ということを言っております。われわれは、やはり祖国を離れては生きてはいけない、日本という国の一員であることの自覚を持っていなくては、社会生活が営めないと思います」

この自衛官の真摯な姿

生前、自衛官や自衛隊のあり方というものに、深い関心と懸念を抱いていた今村将軍は、前述の「対談」にもあるように、機会を見つけては部隊などを見て歩いたようである。

私はそういう将軍にその頃、折に触れては私自身の見聞した忘れがたき自衛官たちの印象を、お訪ねしてはしばしばご報告した。今村将軍が心から望んでいた〝真に信頼される自衛隊〟、そして自衛官とは、こういった存在をいうのではないか、と私は思ったからである。

そしてそこに私は、自衛官たちの真摯な〝戦士〟の姿と、黙々と献身する〝声なき雄叫び〟を見る思いがし、それが将来の真に精強な〝国軍〟への礎となると思ったからである。そのいくつかの例をあげよう――。今村将軍に折に触れ報告したこれらの話は、当時私がコラムを担当していた『防衛日報』紙等に発表したものである。

＊

北辺の地に演習取材に行った。広大な恵庭演習場に砲声いんいんととどろき、硝煙かすむ中を戦車群が進撃、パチパチとはじけるような機銃音を間断なくたてながら、ＡＰＣの群れが突進する。偽装網に身を包んだ隊員たちがイナゴのように突っ走る――。なんとも勇壮無比な大パノラマの展開にしばし時を忘れたが……。

折しも、凄絶な擦過音がうなりをあげて頭上を飛んだ。大口径砲の砲撃が開始され、みごとな弾着がはるかに土煙りをあげる。さすがは北辺の第一線部隊、「やはり第七師団は大したものだ」と観戦していた誰かが嘆声をあげた途端、突然、一人の将校がすっ飛んで来た。そして曰く――〝記者さん、間違わんといて下さい。只今、砲撃を実施中の部隊は第一特科団であります！〟ときた。そしてパッと挙手の礼をしたかと思うと、折目正しくクルリときびすを返して本部の所定の位置へ。

まだ若い紅顔の三尉か二尉だった。あとで聞けば日大出の幹部候補生出身の学徒士官であるという。やれ七師団の、第一特科団の、というナワ張り根性では無論ない。耳を聾するこの砲声のひびきは、名にし負う特科団のものだということをぜひとも知ってほしかったのだろう。随一の機械化兵団である第七師団、そして唯一の特科団である第一特科団――その最精強を誇る演練を、的確につかんでほしかったに違いない。

〝記者さん間違わんといて下さい〟――その言やよし、その意気や旺ん。今時の若者どころではない、あのたくましかった風貌を忘れることは出来ない。私は、北辺第一線を防衛する強装備の実体に触れたことより、この青年との出合いは、千鈞の重みで私の胸中にやきついた。

＊

護衛艦『あまつかぜ』に、鳥山君という若いＣＩＣ要員がいた。東京の中学に通っていたが、海へのあこがれは募る一方、矢も楯もたまらず自衛隊を志願、進学を考えていた家族の反対を押しきって地連（地方連絡部）へ志願を申し出た。

ところが願望の海上自衛隊はその時、満員で、陸へどうかという話である。「それでは困ります。僕はどうしても海で働きたいのです」——この時、彼の心境たるや、まさに〝真剣勝負〟に臨んだような必死の気持ちだったかもしれない。その熱意が地連を動かしたか、彼はあこがれの海へ行った。かたわらで見守っていた縁もあって、この鳥山君のその後が知りたいと思った。

厳寒の朝、横須賀教育隊の正門に刺を通じると、千メートルも向こうから純白の作業帽に黒い半コートをひるがえした青年が、トットとかけって来る。鳥山君だった。真っ白いホータイが両方の掌に巻かれ、血がにじんでいる。しもやけだという。痛々しそうだった。「ナニ平気です。休んでなんかいられません」。白い息をはずませて、仲間たちのことを語る。「じゃ、また来て下さい。嬉しかったな」。ツブラなひとみを見張って、クルリとうしろを向いてしまった。

コマネズミのようによく働き、勉強し抜群の成績で卒業した。最初、彼の熱意を、子供心の海へのあこがれぐらいに考えていた間違いを悟らなければならなくなった。鳥山君はたくましく成長していたのである。病いを得て入院のハメにおち入ったことがある。ソワソワして病床にひとときもじっとしていない。枕許に教範類を積んで、一瞬の遅れを惜しむようであった。しばらく音信が途絶えた。艦隊にいる噂は聞いていた。たまたま、『あまつかぜ』取材に乗った時、彼にバッタリ会った。

ポケットにきれいな艦の絵ハガキをしのばせ、便乗のお客さんにニコニコ配っていた。潮くさい若者の横顔が美しかった。――あれから十四年、いい幹部になっていることだろう。

＊

某日、浜松基地を訪れた時のことである。取材が長びき、基地はすでにとっぷり闇につつまれていた。列車の時刻を気にして下さる担当官のご好意で、駅までジープで送ってくれることになった。

夕食時もとうに過ぎ、すでに営内には人影はなかった。私を乗っけてくれている若いドライバーは、元来無口のタチなのか助手席に私を乗っけて以来、口をつぐんだままである。だいぶ時間外なので、この隊員オカンムリなのかな？　ともその時思った。ライトに照らし出される基地内車道は、すれ違う車も人も全くいない。たいていなら、若いのだし、時間もおそいし、すっ飛ばしそうなものである。

ところが、このドライバー君は、整々と基地内二〇キロの制限速度をひた守りに守り、暗闇を見すえながら確実な走行をして行くのだ。十字路に差しかかった。ピタリと車を停止させた彼は、暗闇に向かって頭を右、左に向けると突然、力強く叫んだ――〝右よし、左よし！〟。

誰もいないのである。車も来ないのである。なのに、このドライバー君は厳然と規則を守り、規則どおりにジープを運んでいた。無口なのではない、ましてオカンムリどころではない。彼は、黙々と己が任務遂行のためにひたすら精励していたのだ。自衛官たちの心あたたまる行ない、善行のかずかずを私はそれまでにも多く見聞して来た。誰にも目のつかない所で黙々と励んでいる隊員たちの姿も数多く見て来た。一記者にしか過ぎない私を運ぶ役目を命ぜられたこの隊員は、その命令を遵守し、黙々と遂行したのである。

駅前で、私の問いかけにも笑って名も告げず、キチンと挙手の礼をおくって立ち去ったあの時のドライバー君――心地良い浜松の一夜であったことが、今も忘れられない。

＊

遠く離れたブラジルから、一人の元自衛官が切々の手紙を寄せた。手紙の主は、元三曹加覧洋与君。宛て先は、七年前までそこに勤務していた山口駐屯の第十七普通科連隊長である。銃剣道四段で団体優勝した思い出をなつかしく胸に、「今はブラジルで鍬の柄をにぎってはしごいているという。そして「身に余る地位と階級を頂き、諸官とともにある日は寒風吹きすさぶ大分の日出生台演習場に、ある時は秋吉台にともに語りともに汗した七年有余、一生涯忘れることは出来ません。まだ隊歌も口ずさみ、ブラジルの軍隊を見るたびに昔の部隊生活がなつかしくよみがえって……」と綴る同君、ブラジルに移住してから、「日本の戦略的地理条件と民族の優秀性は二十世紀の世界注視の的となっている」ことを強く強く実感し

ている と書いてあった。

「日本国民であり、祖国防衛に任じておられます皆様方の任務は、この上なく尊いお務めであると私は確信しております!」。そしてそれだけに、「個々の精神修養が、また日々の訓練の修得が部隊の力となり日本の国力となり、一億同胞、日本民族の平和と安らぎになるものと私は信じます」と加覧君は海の向こうからそう言い切った。

同君の手紙によれば、ブラジルの農産物は殆ど八〇パーセントが日系人の手で生産され「日系人なくしては国は成り立っていかないところまで来ている」そうである。そのブラジルは、世界各国の人種のルツボで、それだけに「私は元自衛官として決して恥ずかしくない行動と努力をつづけていく」と決意のほどを連隊長に述べていた。「一農業移民の私が、ブラジルの山中から大変ぶしつけなことを申し上げましたが、一日本人として祖国を思う一念からであります」――おどるような力強い異国からの書面に、はげしく胸を打たれた思い出を、私は大切にしていきたい。

＊

まだ雪深い北海道の奥地での出来事である。一人の農夫が、背負いきれないほど多くの薪を担いで雪中に難渋していた。そこへ自衛隊の演習部隊が通りかかった。雪の中でよろけ、つまずきころげるその農夫の姿に、こらえきれなくなった隊員たちが叫んだ――〝おじさん、雪上車に乗りなさい〟。

しばらくして、その時のおじさん、田中正雄さんという人から滝川部隊へ来た手紙から、このことが明るみに出た。田中さんはその頃、お母さんが病気にたおれ、暖を充分とるためにどうしても薪と石炭を買いに行かなければならなかった。が、折からの猛吹雪——そこへ通りかかったのが、深川—音江地区で冬季訓練に励んでいた隊員たちだった。

田中さんにはにがい思い出がある。戦時中は水兵として戦った人だが、空襲で被弾した通信機の更新を要求するため三重県尾鷲港に上陸、陸路、横須賀へ向かう途中、名古屋でB-29の大空襲に会った。そのさなか、基地慰問のため向かっていた関東皮革商組合長の夫人と出合い、ともに火の海の中を突破。そこへ差しかかったのが陸軍の自動車隊だった。ところが、「中隊長さんに自動車に便乗を依頼したところ、女連れであることを理由に断られました」と書いてあった。

田中さんはその時のことを暗い気持ちで思い浮かべたか、この雪中での嬉しかった体験から「国軍の真の在り方を学ばせて頂くことが出来ました」しかし「私ごとにわずらわし、尊い国費を費やさせる結果を招いた私の無計画な行動を、深く反省するとともにお詫び申し上げます」と結んであった。

私は雪深い山中での、まろびつころびつした田中さんの姿を想像しながら、ああ自衛官たちはいいことをしたな、そしてこういう田中さんたちによって自衛隊は力強く支えられていくだろうな、とつくづく思ったことである。

＊

徳島航空隊にその頃、島作二曹という若い隊員がいた。かくれた善行をコツコツとして来た徳行の士だったが、部隊ではそのことを長い間知らなかった。本人は無論、そのことを口にしなかった。

たまたま同君の郷里から部隊に送られて来た「かみいち」という町報の中に、他の隊員たちが発見し俄然話題になったというもの。同君の郷里は富山県中新川郡上市町で学生時代、この郷里にある町の図書館をよく利用していたのだそうだが、いつも英語関係の図書が少なくて不便をしていたことが、心から離れなかった。三十七年二月、第五十一期練習員として舞鶴教育隊に入隊してからも、このことが気になっていた同君は、一心発起して貯金をはじめた。年頃の身だから、将来に備えて結婚資金も蓄えていかなければならなかったが、それより郷里の子弟に少しでも役に立ちたかったという。

爪に火をとぼすようにして貯めていった俸給を持ってそのつど近くの書店に行き、そしてアメリカ・グロリア社発行の〝英語百科辞典〟をはじめ、毎月一点ずつ、ある時には何点かずつ英語関係の図書を買いあさり、その時までにすでに合計六十三冊、金額にして二十万円（当時）にも相当する本を、郷里の図書館におくりつづけていたのである。

島作君は、空の術科学校で英語課程を学びさらに管制員課程を学んで、三十九年に三曹、四十三年一月に二曹に昇進、徳島航空隊基地運航隊運航班で頑張っていた模範隊員――町報が舞い込み、直ちに部隊の善行褒賞を受けたのは当然だったが、郷里を愛し公徳に尽くす、こういうかくれた善行を黙々となしとげている自衛官がいた。その後、島作二曹がどうしているか、もはや取材記者ではない今の私に知る術《すべ》もない。（以上各項とも編成、所属、階級は

当時のもの）

――こういった自衛官たちの〝素顔〟を折に触れお話し申し上げた時、今村将軍の顔が心の底からなごやんだのを忘れられない。

声なき雄叫びをあげつつ

そういえば、何度か今村将軍をお訪ねした折、こんなお話を伺ったことがある。

中隊長時代、兵隊が日曜日というと寸刻を惜しむようにして近隣の農家に遊びに行くという。某日、こっそりと巡察に出回ってみた。そして、その時見た風景で、農家の子女たちと遊びたわむれているのでは、といった危惧がいちどきに吹き飛んだ。じつは兵隊たちは、近在の農家に〝援農〟に行っていたのだという。

田んぼの中でヒルに吸いつかれては悲鳴をあげ、稲こぎのほこりに顔や手も粉だらけになって汗びっしょりの奮闘ぶりに、今村中隊長は、部下たちを仮にも疑ったことを心から悔やんだという。風呂をつかわせてもらい、農家の軒先で握り飯を一家中でほおばり、談笑する様に、これこそ〝軍民一体〟と心から意を強くしたということであった。

今の自衛隊も、それを言わず語らずのうちに伝承しているのである。部隊ぐるみの時もある。個人個人で、もよりの農家へ応援に行く時もある。一つの例をあげよう――。

部隊ぐるみの時――それはあの昭和四十三年の十勝沖地震の時のことであった。大地震に見舞われ東北一帯は、惨憺《さんたん》たる様を呈していた。そこへ総監の命令一下、危急を救う援農部隊が〝災害出動〟、絶望と困惑の中にいた被災者たちは、わき目もふらず押し流された土砂と闘い、田んぼをつくりあげていく懸命な隊員たちの姿に涙するばかりであった。連日にわたった援農のお陰で、死んだ大地が息をよみがえらせたのであった。

暇を見つけては援農に行く隊員たちは、〝自衛隊のお兄さん〟と言われ、すっかり親しまれている。九師団（青森）の隊員たちは、季節になると近くのリンゴ園に出向き、そこの娘さんたちと一緒になって人工授粉にはげむ。二人で背伸びして、リンゴの若枝をひき寄せ仕事をしながらニコニコ談笑している風景を一葉のスナップに収めたこともある。今もその写真をとり出して見れば、そこから美しいリンゴの花が匂って来るようである。

農村でひと仕事終え、泥ひとつないまでに農器具を洗い、みがきあげ、傷ついたアゼを帰りぎわに直し、手を振り合いながら隊に去っていく隊員たちの姿も何度か見た。かつて軍隊の若き兵士たちが見せた〝軍民一体〟の実は、今もこんなに美しく培われ、その実をあげているのである。こういう〝自衛隊のお兄さん〟たちが、いざ一朝の時には、このみどりなす山河を銃をとって守ってくれる――身近に見ている農村の人たちは口には出さないまでも皆、心でそう思っている。安心している。このことを、識者の方がたに、そしてとくに〝為にする〟自衛隊違憲論者たちに知ってもらわねばならぬ。

無論、こういうのどかで平和な交流だけが自衛隊の真姿ではない。本来の第一の使命は、わが国日本の防衛にある。そのための錬磨の日々は、はたで見る以上にきびしく、時に苛烈なまでにはげしい。

その一方で、〝災害派遣〟の任務もまた、ずしりと重く彼らの肩にくい込んでいるのだ。

私は、あの新潟地震の折に災害出動した自衛官たちの、神のような姿を今も忘れることは出来ない。山となす泥濘の中に〝かかれ！〟の号令一下、取り組んでいくのである。十五分……〝交代！〟の声がかかると、もう精もコンも尽き果てたがごとく、篠つく豪雨の中の土砂の上に、倒れていく――その姿を見、これまたずぶ濡れになりながら手を合わせた老婆が、この隊員たちを拝んでいた姿を忘れない。

前述の十勝沖地震では、東北の動脈・国道四号線は崩壊し、土砂くずれが民家を襲い、漁船という漁船は岸辺に叩きつけられた。鉄路はアメのように曲り通信動脈は途絶した。罹災者たちが、ゴザにくるまり冷え込む大地の上で夜を明かしていたのを覚えている。

自衛隊は直ちに出動態勢に移り猛然と救援の活動を始めた。自衛艦は殆ど全艦が待機、いつでもどこへでも災派の体制に間髪を入れず移ったといわれている。訓練即時中止、演習地をあとに災派器材で〝武装〟し同胞救援に立ち向かっていくのだ。人々は、それを知らなければならない。

これは、私が取材していた頃の、ひと昔前の話ではない。毎年毎年、今も、それどころかあの時以上に、このような救難支援のための、民生協力のための災派出動は繰り返されているのである。災派件数をあげよう――

46年度五五六件、47年度七〇六件、48年度八五六件、49年度七六二件、50年度七二七件、51年度七九三件、52年度七三八件、53年度七九六件、54年度八三七件、55年度六九八件、56年度七三六件。

大変な件数である。この中でランダムに抽出しても、たとえば五十二年度は有珠山噴火で一万二千八百八十六名の隊員と四千四百十七輌の車輌が出動、伊豆大島近海地震には二万五千七百四十六名と四千四百五輌が、そしてその他津軽の集中豪雨、台風九号等がこの年に起こっている。またもっとも新しい五十六年度にも、北海道の集中豪雨、台風十五号、浦河沖地震等と、数えあげればきりがない。

こういう隊員たちへのねぎらいの言葉一つだに、識者たちはかけようとしない。それどころか日頃はことごとに自衛隊の存在を迷惑至極とそしるような輩さえいる。いざ一朝有事には〝お世話〟になるというのにである。

自衛隊は、高速道路――ハイウェイの一つさえ走ることを許されていない。街の中を、村の中を重車輌が走るを許さぬ所も殆どだ。いざ出動という時、だからたとえばA町のB橋は、戦車が渡れるのかどうかさえ判らない。走ることを市が町が許さないからである。ある一線幹部が言っていた――「災派の折に、辛うじてそういうことを確かめるのです」と。こんなバカな話があろうか。

しかも災派――災害出動は自衛隊の任務の一つにしか過ぎない。第一義は繰り返して言う、日本のこの国土の防衛なのである。彼らは、若い隊員たちは、それが職業とはいえ、けなげに日本の防衛を果たそうとしている。世間の白い眼に耐えようとしている。まして戦争は誰より嫌いなはずである。近代火器の余りの恐しさを十分に知っているからである。

こういう自衛官たちに、惨めな思いをさせてはならぬ。ましてや、防衛のコンセンサスのないまま、万が一にも惨めな死に追いやるようなことがあったとしたら……。

今村将軍が、かつて若き自衛官たちから訴えられたように、「信頼される自衛隊」への道を、あれから長い歳月の中で彼らは自らの手で培って来た。「声なき雄叫び」をあげつつ、唯黙々として……。

私たちは、こういう彼らのあたたかい精神的支柱となってあげなければならぬ。それがまた、戦野に散った若き将兵に祈りを捧げ、生涯を終えた今村将軍の願いでもあったのだから……。

東条カツ夫人の生涯

東玉川の老屋を訪ねた日

今村大将が晩年、自宅脇の三畳の小屋にこもって終日を過ごし、わが功を語らずひたすら亡き部下たちの慰霊に余生を捧げたことを、前項に記した。

同じような生き様で、敗戦後の三十七年間を言挙《ことあ》げせずひっそりと過ごし晩年を全うした人に東条カツさんがいる。東条英機元大将の未亡人である。今年（昭和五十七年）五月二十九日、戦前から住みつづけていた世田谷の老屋で、九十一歳の大往生を遂げた。

私がカツ未亡人に初めてお会いしたのは、もう今から二十年も前のことだったろうか。戦記雑誌『丸』の取材で、世田谷・用賀にあるお宅をお訪ねした時のことである。

「わざわざお運び頂けるのでございますか」。電話の向こう側で、静かにそう問われた声が最初に聞いた未亡人の声であった。東玉川の松林の中に、ようやく訪ねあてた東条宅は、これがあの宰相の家だったのかと、目を疑いたくなるような、古びた平屋建ての家であった。

――じつは戦争たけなわの頃、東条宰相の家が〝東条御殿〟と噂《うわさ》されたことがある。東玉川の松林にとり囲まれた高台に、豪華な新築の洋館があり、そこが東条御殿といわれ「この非常時に、如何に宰相の家とは云え……」と、巷に風聞が流された。だからのちになって、あの昭和二十年五月二十五日深夜の東京大空襲で、この〝御殿〟が焼け落ちた時、噂を伝え聞いていた人たちは、溜飲の下がる思いでその話を触れ回ったという。

だがじつは、そこは〝東条御殿〟といわれた宰相の家ではなかったのだ。話はさかのぼるが、最後の東条内閣で農商大臣であった内田信也氏が書いた回想録『風雪五十年』によれば、陛下の御前でも東条首相邸のことが話題になったことがあったようである。実業之日本社より二十六年に刊行された同著より引用させて頂くと――

「――内閣総辞職後、恒例によって陛下より全閣僚に対し御慰労の御陪食を賜ったが、食後千草の間で陛下と御雑談申し上げていると、五島前運通相が『私は玉川の故田健治郎旧邸に住んでおりますが、そこに陛下皇太子時代のお手植の松がありまして、今では亭々と生い茂っております』と申し上げた。すると陛下は『では東条の家の近所かい?』とお尋ねになられたが、僕はこの御下問を伺って、陛下が東条の宅を御存じのわけもないから、そのお言葉は当時新聞紙上を大分賑わした、あの問題の東条の家の近く

か、ということを意味するものと解釈した。（中略）

それで、陛下の御下問を横からお受けして、『いや、私は東条の家へはこれまで参ったことがありませんでしたが、先ごろ退任の挨拶に初めて問題の東条邸を訪ねてみました。先ずここだナとばかり自動車を乗り入れてみると、それが鍋島侯爵邸で、次に飛び込んだのは某実業家の屋敷、漸く探し当てゝ入ってみると、これはまた意外や、噂には及びもつかぬ粗末なものでした。せいぜい秘書官々舎程度だったので、これには驚き入りました。東条も世間から何十萬という値をつけられた時すかさずに、ではその値で買ってくれ、とやればよかったのに、東条も抜かりました』と、座興的に言上した。これを聴かれて陛下も御同席の三笠宮殿下も、大いにお笑いになって、東条大邸宅問題もここに、漸く実体がお解りになったのである。

後方に坐ってこの僕の話に、きき耳を立てていた御本人の東条は、退出の時僕と肩を並べ、千草の間を出て豊明殿のお廊下を歩きながら、『内田さん、一つ私の家を百萬圓ぐらいで買い取って下さらんか』、と笑いながら軽口を投げかけて寄越したが、ふとその顔を見ると、例の眼鏡の下には涙が一ぱいあふれているのであった。東条はこの僕の取りなしがよほど感激したとみえ、後日星野（直樹）、横山助成君ら各方面の人たちも、『東条さん、よっぽど嬉しかったらしく、涙を浮かべてこの話を語ってましたよ』と、僕に告げたことである」（原文のまま・『風雪五十年』より）。

長々と引用させて頂いたが、曲解されていた自宅の問題が、陛下に正しく明らかにされたことが東条大将は、涙の出るほど嬉しかった様が描かれている。しかも内田国務相は当初より非開戦論の立場に立った人であり、反東条の近衛、岡田系ともいわれていた存在だっただけに、その思いは一入だったろう。

それはともかく、訪れた東条家はとても〝御殿〟どころではなかった。

『お判りになりにくかったのではございませんか』。玄関先に出迎えてくれた夫人は、細い小柄の姿をこごめて、くぼんだ目の奥をニコニコとなごませておられた。

通された部屋の、その屋根の下に黒く焦げた天井の板、焼けただれた鴨居の残骸が目を驚かした。そのうす暗い部屋の入口に、大将の肖像画が、くすんだ色で掲げてあった。仏壇の前に案内された時、これが本当にあの東条大将の仏壇であろうかと、目を疑うほどであった。ふとんを入れるあの押入れ、そこが大将の仏壇であり、巾わずか一尺ほどのところに古賀少佐の写真と並んで、遺影が祀られてあった。うす暗い奥にあの眼鏡の顔が、静かにほほえんでいた。その仏壇の天井も、ぶきみなほど焼けただれていた。

――あの五月二十五日の夜、数十発の焼夷弾が〝東条御殿〟の上に降りそそいだ。米戦略爆撃機隊は、そこを東条邸と誤認して集中弾雨を浴びせた。だが、そこは鍋島侯の邸だったのだ。

「早く応援に行け！」主人の号令一下、家人たちが飛び出し、紅蓮《ぐれん》の炎と闘いはじめた折も折、その鍋島邸が火の塊となってどっと倒れかかり、東条家に今度は火の手が回りはじめた。あちこちの古い天井板がメラメラと燃え始める。火叩きで火の粉を払い落とし、フトンをかぶせ、辛うじて全焼をまぬがれた。だが家具も畳も、見るも無残に焼け、焼け焦《こ》げだらけの家となってしまったのだ。

あの学徒出陣の時

カツさんは二十歳の時、当時、近衛歩兵三連隊に勤務の東条中尉に嫁いだ。福岡県田川郡の出身で、小倉高女を卒業、単身上京して東京女子大国文科に通っていた。そして、母方の親戚に当たる東条家と結ばれたのだった。まだ在学中の身であった。

学窓からいきなり、その頃十三人家族の、しかも金銭に縁のうすい武人の家へ嫁いで来たのだから、気苦労も多かったろう。新婚早々、家計のきりもりに追われ芝居、映画どころか、夜店《よみせ》を散歩したこともないカツさんだった。その上、夫の中尉は連隊から帰ると夕食もそこそこに、「おれは頭がよくないから勉強しなければ偉くなれないのだ」とすぐ机に向かってしまう。とても相談ごとどころではなかった。

次第に昇進し、部下の面倒を見なければならぬことが多くなって来る。だが、いとわずそれをする大将だったらしい。のちに除隊兵の就職の世話までした最初の連隊長、だったとも伝えられている。大勢の部下が訪ねて来ると、あれを出せ、これも出せと心から歓待してご馳走を出させる。昔のことを忘れず、友人知己の引き立てに腐心する。何十年前の部下の就職まで心配する——という風であったから、物入りはかさみ家計のやりくりにカツさんは大変だったようである。

だが、一家の生計は極度に切り詰めても、夫が信じる人たちのために出来るだけのことをと、願いつづけたカツさんである。着物などめったに新調したことはなく、染め替えしては何度も着ていた、と当時を知る人びとは言う。「長年、生活は切りつめるだけ切りつめて来ましたので、私の家庭は常に戦時体制。お陰様で物の不足や物価高など、それほど影響は……」と、あの頃洩らしていたともいう。

東条大将は、三男四女の父として家庭第一主義、カツ夫人を心から大事にしていたということは関係者の間でよく語られているところだが、戦後、戦犯として断罪を受けた大将の横顔は、冷酷非情の軍人宰相としてしか映っていない。だが一面、心根の優しい（戦後、人びとはそれを〝小心〟として嘲笑するのだが）夫でもあったようである。

カツさんは、私が学徒出陣した一人であることを知ると、大将の仏壇の前でこういう話をされた——。

それは、あの小雨の降りしきった昭和十八年十二月一日、明治神宮外苑広場の学徒壮行式から帰って来た時のことである。東条大将は、出迎えたカツさんに一言こう言ったという。「ああやって若い者たちが死んでいく。死んでいくのだ」と、口をふるわせ、自室に閉じこもったままその夜の夕食にも、そして翌日の朝の居間にも姿を見せなかったという。「朝出掛ける時、見違えるほど頬がこけ落ちていましてネ」。そう言うカツさんが涙ぐんでいたのを思い出す。

かつて独裁宰相とそしられ、第一級戦争犯罪人として断罪された故大将への評価は、戦後三十数余年の回顧と分析の中で、少しく変わって来たようではある。四囲諸国から致命的にも等しい経済封鎖を受け、日本が生きるたつきを奪われた時、迫られた決断は大変なものだったと思う。

私自身、〝文明の名のもとに〟戦勝国により行われた極東裁判の不当性を、はげしく弾がいをする気持ちは抜きがたく、その中でA級戦犯と断ぜられた故大将たちに一掬《いっきく》の涙なきを禁じ得ないものがあるが、今は東条宰相論を書く場ではないので多くを触れないけれども、東京裁判では、一、大東亜戦争は侵略戦争ではない、二、大東亜戦争は民族解放運動である、三、天皇陛下に戦争責任はない、の三大主張を堅持して、昭和二十三年一月六日、東条大将は、キーナン首席検事の反対訊問に対しても終始これをつらぬいた。証言を終えた大将は、清瀬弁護人に、「身にしみて、嬉しき今日の春日和」と一句を示し、心の底から重荷を下ろしたごとくであったという。

こうして東条大将は、東京裁判で唯の一言も国体と、そして同僚部下に不利となる発言を絶対せず、「苔の下　待たるる菊の花盛り」と、今生の句を残して絞首台の露と消えた。その大将の胸中を「東条の最大の喜びは、陛下に司直の手がのびなかったことでした」と、カツ夫人が語っていたのを忘れない。

故大将はその遺言書の中に、「今回の死刑は個人的には慰められているが、国内的の自らの責任は死を以て贖《あがな》えるものではない」と断じ、自らの敗戦責任を明確にしている。〝国内的の自らの責任は死を以てしても……〟——そういう夫の心を心としていた夫人だけに、故大将の責任を身代わりに家族全員が背負っていかなければならぬ、と思い、そして戦後の長い間をそのようにつとめて来たのである。

東京新聞がカツ夫人逝去の翌日、報じたところによると、東京裁判の取材を担当した中日新聞参与の平野素邦氏は、当時カツ夫人は、主人の立場を「……負け戦さを起こして多数の兵や国民を死なせたのだから、責任は逃れられない……とつねづね語り、『皇国《すめぐみ》のおんためほかに道なしと　努め給ひし君があの頃』という歌を詠んだ」という（東京新聞・昭57・5・30付）。

戦後になって、ずいぶんと呪いの電話や脅迫の手紙も来たようである。けれども、「そうやって私たちを憎むことでご遺族の方がたの気持ちが少しでも安らぐなら、喜んでお受けしなければならないと……」。

私はその時、メモを取る手を何度、とめようと思ったかしれぬ。お伺いしなければよかった、とも思った。主人の〝敗戦の責任〟を、やせ細ろえ質素な暮らしの中で、七十歳になろうとするその時もまだ、けなげに一身に負いつづけようとしている切ないまでの心に、私はからだがふるえる思いがしたのである。

そういうカツさんは、人知れずかつての部下の遺族に尽くし、また折にふれては、たとえば軍神といわれたあの松尾敬宇中佐の母堂・まつ枝さんとも文通をかわし、慰さめ励まして来た。前章でも触れたようにこの老母堂がシドニーに旅立つ時には、見送る人びとのうしろからそっとその旅立ちを見守ったりもしている。私は、そういう秘めたるカツさんの行為を、多くの人の証言から知っている。

カツ未亡人は、それからさらに二十余年を同じ生き様でひっそりと送り、あの東玉川の老屋で九十一歳の大往生を遂げられた。

「お寒い日に、本当にわざわざお出で下さいました。どうぞ、お気をつけてネ……」

固辞する私を、あの時玄関の外まで送って下さった夫人のあの姿が、訃報を前に悲しくよみがえって来る。ご冥福を心から今、お祈りしてやまない。

*

ところで私の頭の中に今、重くしこりのように残るものがある。

それは私が、この稿を書き始めた時、わが老妻は、「東条さんのことは五十年くらいかかるのでは……」と、つぶやいたことである。カツさんに生前、幾度かお会いし、そしてカツさんは何も語らなかったけれども、世評とはうらはらな〝人間東条〟の実像をカツさんの生き様を通して知りはじめ、過去、その話も妻にしたことがあった。

だが私と同じく〝戦中派〟だった妻にとっては、戦後、そして今も、〝東条〟を語ることがなにかタブーのような風潮の中で、自らの戦時下の体験を通しての限りでは〝東条〟が恨みがましく、批判の思いであり、一方、心情的には一抹の同情といった複雑至極な心根なのであったろう。カツ未亡人への私の思いは知りつつも、〝五十年は……〟とつぶやく妻の気持ちは、私に、〝東条〟を書くのは尚早であり、その評価は後世にゆだねるべきと、暗に執筆に反対の牽制球だったのだと思う。それほどに、戦争が、前線・銃後を問わず戦争体験者に残した〝傷跡〟は深いのである。

それはそれとして、東条元首相は軍国主義の一切の清算人を押しつけられ、帝国主義の歴史は、自らの断罪を以て終止符を打たれた。

一方、その東条を、戦争を破滅に追い込んだ元兇として暗殺に死をかけた人びと――たとえば中野正剛、〝英機撃つべし、米機撃つべし〟のポスターを貼りめぐらした東方同志会の鈴木尚虎、十五名の青年を率い東条宅に暗殺に向かった海軍大尉久慈久志等々、わが国を累卵の危機から救おうとして戦った多くの人びとがいた。

思えばそのいずれも、あの時、それぞれが自分の信念に燃えて、故国のために何かをなそう、命の限り果たそう、としたのである。

その功罪を今、正しく論じる時はまだ来ていないようである。この上は、それがたとえこれから五十年かかろうとも、わが国のあやまりない将来のために、後世の史家に真に正しい審判をゆだねたいと念じるのみである。

そして戦後三十七年もの長い歳月を、主人への憎悪と呪いを唯一身に、その主人のために身代わりとなって、言挙げせぬ生涯をつらぬき通したカツ未亡人――私は今、あの仏壇の前で寂しそうに涙ぐんでいた姿を偲ぶにつけ、どれほど〝雄叫び〟たいことがあったことだろうかと思えてならない。

それを思えば私は、重ねて鎮魂の祈りを捧げたいのみである。

国士・瀬島龍三に学ぶ

シベリア重労働二十五年

そして「声なき雄叫び」の終わりに、私は〝国士〟瀬島龍三氏のことに触れたい。

今年の二月、戦友鎮魂の私の個人紙『雄叫』を読まれた氏は懇篤あふれる書状を寄せられ、その中に次のような心情を吐露された。ご迷惑をも顧みず転記させて頂く——

「……お互いに過ぎし人生を回想し、国の将来を考えます時、それこそ雄叫したい気持にかられます。せめて微力乍ら一隅を照らしてゆきたいと考えています」

瀬島龍三氏は、大東亜戦争開戦時、大本営の陸軍参謀兼海軍参謀として作戦立案の枢機に参画した。そして終戦の年七月末、瀬島参謀が早くより深く憂慮していたソ連参戦気配ただよう満州へ、関東軍参謀として赴任した。読者各位ご存知のとおりである。

そしてわが国敗戦。瀬島参謀は軍使として、ソ連軍最高司令部のあったウラジオストックの北方、ジャリコーウォへ行き、そこでソ連軍総司令官ワシレフスキー元帥との停戦交渉に臨んだ。交渉を終え九月六日、シベリアへ護送され抑留の身となる。ハバロフスクの九月、そこはもう冬の開幕である。輝ける〝陸軍の星〟は、五十九万余の日本軍将兵とともに屈辱の捕虜の身を送ることになるのだが、一年経った翌二十一年九月突然、ソ連軍用機に乗せられ故国日本へ向かった。

折も折とて、その年五月三日より、極東国際軍事裁判が開廷中であった。その場所は、東京・市ケ谷の陸軍士官学校跡、かつて瀬島参謀がそこを首席で卒業し栄誉に輝く恩賜の銀時計を賜った所でもある。そこへ、瀬島参謀は日本を裁く軍事裁判の〝証人〟として、出廷させられたのだった。九月十八日のことである。

天皇の戦争責任を追求するソ連は、何としてでも〝捕虜瀬島〟に、天皇に不利たる発言を強要しようとしていた。開戦時、文字どおり作戦立案の枢機に参画したのは、その時、戦犯に問われていた一連の軍最高首脳、閣僚を除いて、瀬島参謀の他には見当たらない。天皇の戦争責任を〝証言〟させるには、瀬島参謀をおいて他になしとソ連側は見たか、戦後伝えられているところによれば、日本へ空輸される前、瀬島氏はソ連の手によって拷問に等しいはげしい訊問を受けていたという。

約一時間にわたる〝証言〟ののち、瀬島参謀は直ちに再びソ連軍機に乗せられて、酷寒のシベリアへ連れ戻される。そして、そこに待ち受けていたのは、ソ連軍法会議が決定した重労働二十五年という極刑であった。二十五年刑は、あのシベリアでは死を意味する最高刑である。われわれシベリアにいた者は、それを身をもって熟知している。

瀬島参謀は、市ケ谷法廷でついに何ひとつ天皇の責任にかかわる〝証言〟をしなかったと見られる。氏は多くを語らなくても、〝二十五年刑〟という重刑が、それを物語って余りある。百万言にも匹敵する、それは立証なのである。瀬島氏をして、われわれがあえて〝国士〟と呼ばして頂きたいのは、まさにこれがためにである。

シベリアは寒い。そして飢えと孤独と絶望のツンドラ地帯である。その果てにあるのは「死」なのである。その地から、日本へ連れ戻された時、通常人ならシベリアから〝脱出〟して来た日本で、それまで張りつめていた気力、胆力も一挙にくじけることだろう。それが人間の悲しい性《さが》というものだ。

だが、瀬島龍三氏は、ついに口を緘《かん》して語らず、わが国体と天皇を護ったのである。その〝代償〟がシベリア重労働二十五年刑となった。瀬島氏はそればかりか、せっかく帰って来た日本で、ついに一度も家族の面会に応じていないという。胸中をよぎったのは、リベリアに残されている同僚部下への思いであったろう。これまた、〝国士〟といわなくて何であろうか。

瀬島参謀はこうして、まさに〝声なき雄叫び〟をもって市ケ谷法廷と対決し、そして勝ったのだ。わが身を殺して……。

だが、代償はあまりに苛酷であった。零下三十度、四十度の中の伐採作業、石炭掘り、土工、貨車の積載作業がつづく。私自身、氏とはその歳月においてくらぶべくもないが、五年間のシベリア抑留の体験から、その苛烈なまでの肉体的、精神的な重圧は容易ならぬものであったことが判る。まして、〝戦犯〟としての二十五年刑を云いわたされた氏に、ソ連側は仮借ない態度で臨んだに違いない。

もともと身体頑健でなかった瀬島氏は、自らの知恵で、比較的屋内で作業の出来る〝左官屋〟の仕事を修得している。ふしぎなご縁を感じたのは、そういうお話を知った時だった。

私も抑留中、得体の知れない風土病、そして坐骨神経痛にとりつかれ、ついに床の上を這って歩いて回る仕儀となったことがある。やむなく、腰を落としたまま作業の出来る仕事――たとえばカントーラー（ソ連側事務所）の床掃除や、バーニャ（浴場）の床洗いを何か月もつづけた。

〝働かざる者、食うべからず〟のあの国――少し足腰が良くなって、今度はペンキ塗りと左官屋の仕事を見よう見真似で覚え、官舎回りを始めた。だがついには、五十メートルもの大給水塔の外回り塗装にかり出され、結局、屋外作業に従事することになったのだが、酷寒の中で足場の板の上から転落する仲間が出たりして、いつも死と向かい合っていた。

瀬島氏の〝左官屋〟仕事も、決して容易なものではなかったに違いない。それどころか、この間には、八か月もの独房生活を強いられているのである。

話は違うが瀬島氏は、昨年（昭和五十六年）五月、防衛大学校で二千名の学生を前に、「わが日本」と題する特別講演を行なった。その中で瀬島氏は〝日本人の心、そして日本の歴史を貫いて来た天皇制〟についての学生の質疑に答えた中で、そのことに触れている。

八か月の監獄での独房生活中、幼少期より仏への信心篤い環境に育った瀬島氏は、壁に爪で仏像を刻みつけ、その前でお経をあげていたという。そして、「人間にとってなにが苦しいといって、ひとりでいることほど苦しいことはありません。自分で体験したその八か月間、しゃべる相手がない、これは食べるものが少ないことより、もっと苦しいことでした。そしてお経をあげていたことが、独房生活八か月間の自分の心を落ち付ける、いわゆる平常心を存続する、私にとっては最大の支えでありました」と言っている。

そしてそこから普遍して瀬島氏はこうも言う——「私は少なくとも明治以来の日本人は、わが国に皇室があったということは、これは非常に大事なことであったと現在でも信じています」。そして、「人間は、非常にむずかしい環境に置かれた場合、国家が非常にむずかしい環境に入った場合、なにか信頼出来る、尊敬出来る厳粛なもの、これを私は求めると思います。私は、わが国に皇室があることは、非常に幸せなことだと信じております」と。

防大生の感動

——シベリアで虜囚であった幾歳月、その思いは一入であったことだろう。まして孤独の独房生活なのである。孤独の壁に向かって対峙したその間、人間の、日本人の、精神の拠り所とは、と自ら問い自ら答を生むに至った峻烈な日々を、私は想像するにかたくない。

昭和三十一年八月に入った時、突然、瀬島氏のいた収容所に出発命令が来た。あわただしい、それは真夜中の出来事であった。ハバロフスク駅から有蓋貨車に乗せられ、外から貨車の扉を閉ざされた。行先は無論、告げられない。収容所に最後まで残された八百名とともに、瀬島氏は、また奥地のカムチャッカあたりに連れていかれるのではないか、と思ったそうである。

私の時もそうだった。十月下旬、凍てつく深夜に貨車に乗せられ、これでまた五度目の冬もシベリアの奥地かと、その時あきらめたものだった。ところが、どこをどう走っていたのかあてどもない長い長い旅路の果て、われわれは突然〝海〟のにおいをかいだのである。真っ暗な貨車の中で……。

瀬島氏の時もまさにそうだった。真夜中、貨車の扉が開き、降りた時に海の潮のにおいが鼻をついたのだ。そしてそこが、ナホトカだった。八月十八日、夜が白々と明け始めた頃、沖合からボー、ボーと汽笛を鳴らしながら、一隻の船が近づいて来た。

「――誰かが立ち上がって大きな声で『日本の船だ‼』とどなりました。私どもは一斉に立ち上がって沖を見ますと、確かにマストに日の丸の旗を立てた船が一隻、港に入って参ります。その瞬間、ああ、これは日本に帰るんだ、日本の船が迎えに来たんだ、そのように思いました。その時の気持ちは、本当に今でも忘れることの出来ないものでございました」と、瀬島氏は防大生たちに語っている。

それが最後の引揚げ船、興安丸であった。

私もまた、ナホトカで見たあの日の丸の旗のはためきを生涯忘れることはないだろう。目をこらすようにして、引揚げ船の巨体を見すえていた時、そこにヘンポンとひるがえる日章旗があったのだ。みんなの滂沱《ぼうだ》と流れる涙の目、目に、日の丸の旗がハタハタと力強く波打っていた。まぎれもなくそこは、日本の領土なのだった。

私たちは死ぬまで生涯、あの日のことを忘れないだろう。日の丸の旗の尊厳と、この上ない気高さ。そのことを、日の丸と何年にもわたって隔絶されて異国の地にいた者は、心から知っているのだ。まして私などと違い、十一年もの間、瀬島氏は祖国日本と隔離されていたのである。あのナホトカで、日の丸を見た時の氏の想いが如何ばかりであったか、胸が痛いほど判るのである。

話は後日のことになるが、瀬島氏は、伊藤忠商事に入って役員になってから、「世界と貿易をやっている会社なのだから、会社の屋上に国旗を立てるべきだ」という提案を役員会に行なっている。以来、伊藤忠の屋上には日の丸がヘンポンとひるがえり、新年御用始めの日には、「全社員が集まって君が代と、日本国家の万歳を行なう」ことをしているのだという。

恐らく、そういう提言をした瀬島氏の胸の中には、そして目には、あの時見た、目もあざやかな日章旗のことがくっきりと映っていたに違いない。

そしてこれからの日本が、世界を相手に国際人として立ち向かっていく心構えを、氏は防大生たちにこう提言している——

「皆さんは、国際人というのは英語が非常に出来て、洋食の食べ方が上手で……と思われるかもしれませんが、それが国際人ではありません。国際人としてまず一番大事なことは、立派な日本人であることです。その上に立って、相手の国のことをよく理解し、また国際的なマナーをわきまえている。一番大事なのは、立派な国際人は立派な日本人であることだと思います」。そして、世界に出ていろいろな人に会った場合、いかに語学の上手な人、マナーのいい人でも、その人が自分の母国をけなしたり、まして自分の国の歴史と伝統を全然知らない、という外国人は、本当に信頼出来る、尊敬出来る国際人とは思わない。立派な国際人は、立派な日本人でなければならないと強調し、この点においてわが国の学校教育は果たしてこれでいいのかどうか、平素疑問に感じていると、所見を述べている。

第一の人生を軍隊に、第二の人生をシベリアに、第三の人生を商社マンとして、そして今また第四の人生を国建て直しの臨調にと、思えば瀬島氏の生涯は変転きわまりない。戦争、敗戦、経済立国、国創り……その中で一貫して氏が処世の心として来たのは、「日本人」であるということ、この一点に尽きると思うのである。

「……私自身の体験から、我々の日本ほど良い国はないのだ、この国を、より平和で、より豊かで、よりたくましく、我々の祖先から享け継いだこの日本を二十一世紀に向けて、存続させていかなければならないという、この考え方が現在の日本にとって、最も大切なことだと思います」。そして、これがわが国の今日の政治、経済、社会、あるいは防衛や教育、その他あらゆる問題を考える場合の〝原点〟ではないか、と氏は防大生に対する講演の中で強調している。

氏は最後に、目を輝かせて聞き入っていた二千の防大生たちに向かって、こう力強く言い切っている——「これから先、私は、堂々と祖国、愛国心、そういう言葉が使われていくことを私は希望します。何も日本が、祖国、愛国心という言葉を使うということは決して軍国主義になるという問題とは違うのです。祖国、愛国心を、私は堂々と使っていく日本であることを希望します」と。

防衛大学校武道館において、この講演が行なわれた時、陪席していた評論家・奈須田敬氏は、講演後の質疑応答に入ると、十五、六名の防大生が一斉に席を飛び出して列をなし、それに誠実に答える瀬島氏とのさわやかな感動あふれる場面を目撃している。

質問の最後に立ったある学生は、次のように述べている——「これは質問ではありません。今日の講演について所見を述べさせて頂きます（笑）。先生の論点の、日本ほど良い国はないという所で、私は、これまでの生活で言葉にならなかったものを、求めるものを得たような気がします。そして私が今ここにいることに改めて生き甲斐を感じた次第であります。私は今、気力が非常に充実しております。有難うございます」。

感動の嵐の中で、この学生の発言は万雷の拍手をもって包まれたようである。それは、講師である国士・瀬島龍三大先輩への心からの拍手でもあったろう。私はその話を聞き、拝見し、全国のすべての学生たちに、若い人たちにこれらの話を聞かせたい、判らせてあげたい思いに、はげしくかられたのであった。

お会いする瀬島氏は、豪放豪気、三軍叱咤型の軍人でなく、きゃしゃな体躯で、淡々たる語り口で問いかけ、人の話に耳傾ける誠実無比の人柄である。これが陸軍の〝智恵袋〟であったかと目を見張るほど謙虚で、ひかえ目でさえある。類のない卓越した分析・洞察力で戦略を組み立て、そのための戦術を編み出して来たという緻密さは、どこに秘められているのだろうか。一見して、それを推し量《はか》ることは出来ない。

だが、あらゆる逆境で屈せず、真摯《しんし》に日本人たるの気概ひとすじに生き抜いて来たに違いない生き様は、その風貌にただよいあふれている。初対面で一遍に多くの人が瀬島氏のトリコとなってしまうのは、こういう静かでおだやかな挙措《きょそ》の中に、じつははげしい〝無言の雄叫び〟を見る思いがするからであろう。

私も、そういった一人である。

（注・東京裁判前後の経緯は屋山太郎氏筆による「最後の国士・瀬島龍三の孤独な闘い」＝『月刊現代』昭和五十六年十月号を参考にさせて頂き、また防衛大学校での講演要旨は奈須田敬氏主宰の『ざっくばらん』誌より引用させて頂いた）

終章　戦い未だ終わらず――〝自分史〟に代えて

このふしぎな縁《えにし》

私がシベリアから復員して、暗中模索の手さぐりの中で飛び込んでいったライターの生活から、私が富士急行の堀内光雄社長（のち衆議院議員・衆院予算委理事自民党国会対策副委員長）にご縁があって拾われ、〝宮仕え〟をするようになったのは、今から十六年前、昭和四十一年春のことである。それまで、文藝春秋や小学館、それに旺文社などにルポを書き、狩猟専門誌にファイトを燃やし、防衛記者で戦火（?）の下をくぐり、時にはテレビやラジオのドキュメント番組を構成したりと、守備範囲のひろい、というより雑多な取材稼業で飛び回っていた十五年、それが人生有為転変、図らずも交通会社の嘱託という名のサラリーマンになった。

堀内光雄社長に当時、私を引き合わせてくれたのは、田中鈞一氏という人であった。氏はその頃、富士急行の系列会社であった富士空輸というヘリコプター会社の社長で、私とは〝虎狩り〟を通じて親子同然の仲になった人である。虎狩り、といっても私が虎を撃ったのではない。撃ったのは田中氏で、私がある月刊誌の編集長をやっていた頃こんないきさつがある。佐藤五郎さんというたいへんな狩猟家がいて、ある会社の社長さんなのだが、なにしろ一度に数千万円もの私財を投げ出し、アフリカへ何年かに一度は象狩りに行くという〝大名猟〟をやる人で、医者やムービーカメラマンまでお供に連れていくという、ぜいたく三昧なハンティングの話が面白くて、よくこの人のところへ私は遊びにいっていたことがあった。それにこの人、戦争中に軍極秘の〝有翼〟潜水艦「海龍」を設計製作した至宝的存在で、その辺の秘話も興味深かった。

だが、この人のは失礼だが本来の狩人の姿ではない。金の力で、象を追い出し包囲し、万が一にも危険のない状態で巨象を斃すという、つくられた狩猟なのである。本物の狩人はニホンにはいないのか、佐藤さんに不躾《ぶしつけ》をもかまわずお伺いした時、佐藤さんは言下に、「南さん、一人だけ本物がいるよ」と言うのである。それが、田中鈞一氏であった。私の目に心に浮かぶのは、雪中のけもの道を、尻にタヌキの毛皮をぶら下げ単身、獲物を求めて攀じ登っていくマタギのような姿であった。

お会いして驚いた。短身痩軀、いささか猫背で飄々乎としている初老の人で、とてもマタギどころではない。だが、温顔でボソボソと九州弁で話す田中氏の話を聞くうち、私はこの人の眼が時として射るように光るのに気が付いた。突き刺すような容易ならぬ眼光であった。しかも凄い話が次々と出て来る。満州建国の日系官吏として匪賊の中に単身赴任、時に人も通わぬ〝白色地帯〟で猛虎七頭を射止め、巨熊や野猪を斃すこと数知れず、といった物凄さである。

これは本物だ――私は一度に「田中鈞一」が身に心に灼きついた。しかも奇《く》しき因縁とはこのことか、私の今は亡き叔父、今井亀次郎陸軍大佐と満ソ国境で当時、文字どおり生死を倶《とも》にした同志だったのである。叔父はその頃、綏紛河《すいふんが》（ポクラニチナヤ）特務機関長として対ソ工作に命を懸けていた。そして同地区の参事官として、叔父とともに明日も分からぬ運命を倶にしたのが、この田中鈞一氏なのだということを知った時、私を生前もっとも可愛がってくれた叔父が、こうして姿を変えて私のために現われて来たのだ、とその時私には思えてならなかった。

しかも叔父はこの前歴が禍いし、シベリアへ連行中、惨殺されているのだ。私は、そのシベリアから四年半の抑留ののち、祖国へ還って来た。ふしぎな輪廻《りんね》を感じてならなかった。しかも、二人がこういう因縁で結ばれていたということは、私も田中氏も知り合ってから何年もの間、ともに知る由もなかった。こういう間柄であることを知ったのは、私の富士急行入社後、五年も経てからのことである。たまたま在満時代の話に華が咲き、その中で偶然にもとび出して来た今井特務機関長の話からであった。この時の二人の驚きようといったらない。本当に、縁《えにし》とはふしぎなものである。こういう田中氏が堀内社長へ、私の身柄をあずけてくれたのであった。〝物書き稼業〟では生計も容易ではなかろう、と堀内社長が快く引き受けて下さったのだ、とあとで田中氏から聞いた。

縁《えにし》といえば、こうして知り合うことの出来た堀内光雄社長とも、じつはふしぎなご縁で結ばれていたのである。

というのは、私が富士急行へ入社する五年ほど前の、昭和三十六年春のことであった。N

HKテレビで『あなたは陪審員』という新番組があり、出演依頼を受けた。内容は、当時ブームを呼んでいたいわゆる「戦記物」を同番組シリーズの第一回目として俎上にのせ、その功罪を立場を異にする両翼の人たちによって論戦させようという異色の番組であった。当時の番組紹介を読売新聞（昭36・4・8付）から引用すると——

世の中が複雑になると、一つのことを判断するのもなかなか容易なことではない。そこでこの番組は一つの問題について「否」とする立場を検察官、「是」とする立場を弁護人が代表してディスカッションを行ない、さらに検事、弁護人双方から様々な階層、立場にある証人に出廷してもらい、その問題点を浮き彫りする。このぞくぞくと登場する意表外な証人と証拠品の提出がこの番組の最大の特色となっている。なおこの番組では判決を下さない。下すのは陪審員であるテレビを見ている人だからである——と、こうある。

そして第一回目、「戦記物」を告発する検察官役には映画界のヌーベルバーグ大島渚氏が、弁護人には政治評論家御手洗辰雄、さらに当日の証人として参議院議員辻政信、当時航空自衛隊幕僚長源田実の各氏ら、そして戦記雑誌編集長の私が〝出廷〟、他に戦争を知らない世代や学校の先生たちも登場するといった、かなり大仕掛けな番組だった。

さて番組は、鈴木健二アナの司会で始まったが、なにしろ戦争体験とか戦記物が目の仇《かたき》にされていた当時の風潮の中である。大島渚は開口一番、戦記物を弾劾《だんがい》する大論陣を張り、あげくの果て戦記物の氾濫は、戦争を謳歌し再びわが国を軍事大国にしようという策謀、と決めつけた。そして終戦直後、墨黒々と塗りつぶされたあの歴史の教科書を高々とふりかざし、戦争の罪悪の結果、このように日本の歴史は無惨にも抹殺された、と大島渚は主張した。

これを受けて、烈火のごとく怒ったのは辻政信であった。——何を言うか、そのようにわが国の歴史を墨黒々と塗りつぶしたのは、戦後いち早く自由主義者の仮面をかぶり、時勢におもねようとした阿世の徒のしわざではないか。戦争によりわが国の連綿たる歴史が抹殺されるものではない。自らの手により、歴史を葬り去ろうとした輩こそ許せない——と机を叩き、鋭く切りかえした。

番組では、大東亜戦争の是非も論ぜられ、こういう戦争の記録にあけくれている私にこんどは白羽の矢が立った。私は戦記雑誌を編集する立場として、二つのことを論じたのである。一つは、まず今次大戦はわが国存立とアジア共存のために、やむにやまれぬ自衛の戦いであったという大前提に立って、〝十五年戦争〟といわれるこのたびの戦いは、その真実の戦闘体験の記録を将軍は将軍の立場で、参謀は参謀の立場で、兵士は兵士の立場で、参加したあの戦いの局面局面をありのままに活写し、それを後世に語り伝え書き残して、いずれの日かそれを史家の公正な審判にゆだねるのが正しい。そのために今必要なことは、真実の記録をひろく集め世に問うことである。それが戦争記録集大成につとめている私の使命である、ということ。

そして第二は、戦争を語ることがタブー視され、戦争体験をしたことがうしろめたいというような一部の風潮はまことに嘆かわしい。戦争を知らない世代たちに父や兄たちがどのように故国の危機に立ち向かったか、祖父母や母が空襲と飢えの銃後の中で、どんなにして子を守りつづけたか、その死に様生き様を伝えていくことが、何よりも大切である、と主張した。そして、戦争記録を読んで、自分の父がどんな戦いをしたかを知り、以来親子の断絶がなくなったという声も、たくさん若い世代から寄せられている、と私は証言したのだった。

証人席の辻政信、源田実両氏ともに大きく共感の面持ちで、深々とうなづいていてくれたのを覚えている。そして、とくに辻政信氏が、大東亜戦争肯定の立場に立って検事側とはげしくやり合ったことを、私は溜飲の下がる思いで凝視しつづけたものである。

辻政信氏とは、私が取材でそれまでも何度か議員会館を訪問させて頂いていた間柄であった。何度かのインタビューの中でとくに傾聴に値すべきは、満州時代、氏が私淑した石原莞爾に共鳴して、爾来不抜の信念としたアジア五族協和にかけるはげしい情熱であった。旧軍時代、氏はそのはげしい気性と、軟弱不断な指揮官に容赦ない糾弾を浴びせ、ために毀誉褒《ほう》貶《へん》は多かったが、私は、軍団用兵の立場に立つ大本営参謀というものは、時に非情苛酷でなければ作戦好転の機さえ失してしまう事例の、余りに多かったことを知っているだけに、常に辻参謀に同情的であり、むしろその用兵の妙はドイツのロンメルの比ではないとさえ今も考えている。

辻氏は戦い敗れた直後、タイ国駐屯参謀だった身をやつしてタイ僧に変装し、以来〝潜行三千里〟を開始、イギリス軍の戦犯追及をのがれて中国に向かい、大学教授の肩書と変名で日本に引き揚げて昭和二十五年に戦犯容疑が解けるまで、潜行生活を送ったのである。

私が辻政信氏を、オヤジさんと呼んで議員会館へ訪ねるようになったのは、氏が衆議院議員を経て昭和三十四年、参議院選挙で全国区の第三位で当選して以来のことだった。私が、こうして傾倒してやまなかった辻政信氏と共にNHKテレビに出演し、同じ立場に立って「戦記物」を擁護し、左寄りの論客に完膚《かんぷ》ないまで反撃を加えたことが、じつに貴重な思い出となった。敬愛してやまない辻参謀との、この思い出を私は大切にしまっておこうと思った。

ところがそれから十日も経ない時、辻政信氏は突如日本を出たのである。そして、以来氏の消息は、二十年余経った今も杳《よう》として断たれたのみである。辻政信氏は、この番組を終えた直後、氏の生涯の信条としていた東亜連盟の理想、大アジア団結のため単身紛争中のインドシナに赴き、ラオスの首都ビエンチャン郊外で、なぞのように消息を断ってしまったのだ。私には、今も氏がアジアのどこかで精悍に生きており、民族自決の民衆のためにかけがえのない働きをしているのではないか、と思えてならない。寅年生まれの七十九歳、まだまだ死ぬはずはない、と誰が何と言おうと私はそう思っている。

さて、こういう忘れ難い辻政信氏が、じつは堀内光雄社長の岳父だったのである。私はそのことを長い間知らず、うかつにも富士急行へ入社してから知ったのであった。そのことを知ってからというもの、私は誰にも口にしたことはなかったが堀内社長にたまらなく親近感を覚え、かけがえのない人となったのである。まこと、縁《えにし》というのはふしぎなもの、と思うばかりである。

ルポライターの頃

「いいんだよ、今までどおり方々にどんどん書けよ。遠慮しなくていいぞ」堀内社長は、私が社長室へ初めてご挨拶に出た折、そんなふうに言ってくれたが、そう甘えてもおられまいと思い、せっせと東京初台の本社へ通い始めた。だが、交通会社へ職を奉じたというのに、運輸行政のことも鉄道、バスのことも皆目分からない。そのうえ富士急行は、その頃から猛烈ないきおいでレジャー産業へ急伸長し出していた。その観光のことさえ、はじめての取り組みなのである。

その時私は四十一歳。だが、〝新入社員〟の私に、いろいろ教えてくれる部課長たちが次々に現われ、夜は夜で赤提灯にさそってくれてはこもごも堀内社長のことを話してくれた。その頃、富士急行で広報を担当していたのは、石岡三郎さんという人であった。なかなかのダンディー紳士で、演劇の世界にも通の文化人であった。今はいずみ・たくさんらと組んで、多方面にわたり活躍しているが、私はとりあえずその人の下で行儀見習いを兼ねて、社内報編集の手伝いをすることになった。社内の誰かが、〝紳士と野獣〟の組み合わせみたいと冷やかしたが、私にとっては好きな酒もひかえ目の、大マジメであった。そのせいか、石岡さんは社内人物シリーズの中で私のことを評伝して、こんな歯の浮くようなことを、当時の社内報の片隅に書いた。

——弘報課　南雅也くん。前号から社内報「芙蓉」の編集を担当しているその筋のベテラン。本職はライターで、毎週毎月、雑誌に氏の名前が消えたことがない。それだけにジャーナリストに顔がたいへん広い。物腰は低く、人当たりは柔らかく、実るほど頭の下がる……格言を地で行くような人。酒はイケル方。

それはさておき、一流企業に勤めているのは有難いものである。個人ミナミマサヤの名は通用しなくても、肩書で関門を容易にくぐらせてもらえる。私は富士急行社内報の取材で、着任早々からずいぶん色々な人に会うことが出来た。あの林武画伯に富士山の魅力を、たっぷり聞かせてもらったり、森繁久弥や水ノ江滝子、宇津井健やらトンチ教室の〝青木先生〟などと親しくなれたのもその頃で、富士急行の一枚看板のお陰であった。

古い話だがその昔、フリーライターになりはじめの頃は、困った困ったの連続だった。私のレパートリーは、軍事物や戦記物が主だったので、取材の対象はたいていコワモテである。警戒心も強く、気位いも高い。

「どこの社の依頼です。キミ、その社の人ですか」「今まで誰と誰に会って来ましたか」「A社には僕の知人の○○君が幹部でいるが、元気でいるかな彼は」——まるでサイギ心から来るメンタルテストである。唇を噛みしめるような思いを何年も味わって、少しずつ信頼をかためていった。いわゆるルポライターのはしりの時代だったから尚更だったろう。

さて、そんな中で当時、私を救ってくれたのは文藝春秋である。フリーライターになって五年目、編集の池田吉之助さんが、〝戦中派生き残り〟の座談会をやるから、君出ろと言ってくれた。少しは知名度をあげてやろうという配慮だったにちがいない。

作家の阿川弘之、戦艦大和生き残りの吉田満、カダルカナルの連隊旗手・小尾靖夫の各氏、そして私ことソ満国境生き残りの甲種幹部候補生と、四人が出席しての座談会、題して『華やかなりし青春の日日に』が、文藝春秋本誌（昭33・8月号）に掲載となった。銀座・鶴家での会食を兼ねた座談会や謝礼も有難かったが、何より嬉しかったのは多くの人が私を知ってくれたことである。そして、畏敬する今村均元大将や源田実氏など多くの将星、伊藤正徳、火野葦平、尾崎士郎、のらくろの田河水泡などといった私の好きな作家がたにお会いし、また、陛下のお側にいた甘露寺受長氏、〝天皇の料理人〟秋山徳蔵氏からも多年にわたるご厚誼を頂けるようにもなった。

シベリア引き揚げ以来、今浦島のような私に精一杯の協力をしてくれたのは父であった。父は、私のライター稼業を心配し、某日連れられて同郷の学者、瀧川政次郎先生の門を叩いたことがあった。瀧川先生は、日本史・法制史の大家で当時早稲田大学の教授であり、今は国学院大学名誉教授で八十八歳とも思えぬほどカクシャクとされているが、あの東京裁判では元海相嶋田繁太郎提督の特別弁護人を担当した人でもある。〔平成四年歿、享年九十四〕

一夕、先生のお宅で大いにご馳走になった。「雅也くん、ご馳走とは、どういうことか知っているかい」「?..?..」「ご馳走とはだな、字句どおり馳せ走るということだ。つまり遠来の客人を精一杯もてなすために、家人が良い材料をもとめて町中を馳せ走り回るということだよ」。そして接待にテンヤものは言語道断、と言った。その夜、奥様心づくしのあの品この品を箸にしながら、大いに肝に銘じたことであった。瀧川先生は、いつもこういうお話ばかりしてくれるのである。

文藝春秋の池島信平さんに最初お会いしたのも、この瀧川先生の手引きであった。池島さんと瀧川先生は満州以来の知己で、池島さんが満州文藝春秋の創刊に取り組まれた頃、瀧川先生は満州国立図書館の館長で、以来肝胆あい照らす仲だったようである。

「池島さん、この男に何か書かせてくれ」当時銀座にあった文春の編集室で、瀧川先生はそう言ってその頃私の書いた体験記録、新書版の『肉弾学徒兵戦記』を池島さんの前に差し出した。手にとってしばらく見てから、ニヤニヤ笑いながら私の顔を見ていた池島さんは、ポツンと言った。

「あなた、早くここの印税とらないと、もらいそこなうよ」その頃、この版元のM書房の軒先が傾きかけていたのを、池島さんはすでに知っていたのである。言いにくいことをはっきり言う人だなと思った。ただ、ライターで一本立ちしたいなら、そのくらいドライでいけ、ということだったのかもしれない。ぶっきら棒な初対面ではあったが、池島さんはあとで私のために社内で、一声も二声もかけていてくれたらしい。それから取材に寄稿に、幾度も声がかかった。前述の座談会も池島さんの差しがねに違いなかった。こうして、今日の文藝春秋を代表するような編集者——田川博一、田中健五、半藤一利、池田吉之助、西永達夫さんなどという超エリートの知遇を得るようになったのである。

中央公論の嶋中鵬二さんに、はじめてお会いする犬馬の労をとってくれたのも池島信平さんだった。それが縁で、のちに編集を請け負った知性社で三年間ほど、中央公論社発行の全集『実録太平洋戦争』全七巻の編集に参画することにもなったのだが、しまいの頃には中央公論の編集局の一角に私のデスクまで設けてくれて、ずいぶん面倒を見て下さった。その時の担当者であった高梨茂さんは今は中央公論社専務に、宮脇俊三さんは常務を経て一昨春退社され、〝時刻表の旅〟かなにかを書かれて近頃はベストセラーを常にものされている。

財政学の権威で、その後早大総長を経たのち私学振興財団理事長にもなられた時子山《とこやま》常三郎先生に引き合わせてくれたのも、瀧川先生である。時子山先生はその頃、石田博英氏の理論武装にも力をかしておられたらしく、また教え子・博英さんがかわいくてならなかったらしい。初対面の時、先生は私に、

「君、博英《ばくえい》クンを知っていますか」と言った。終戦直後のこと、戦闘帽に兵隊服のままの姿で、「先生、只今帰って参りました」と、庭越しに大きな胴間声がするので出てみたら兵隊から復員して来た博英さんだったという。時子山先生は、その頃一枚かんでいた世界連邦の事務局長に私を据えたかったらしいが、〝ものを書きたい〟私のためにそれもあきらめ、ずいぶんあちこちと引き回して下さった。

こういう中で、文化放送の仕事もするようになった。当時同局の常務であった萱原宏一さん（のち相談役）の手引きである。四谷二丁目のＪＯＱＲで社会教養番組の松尾千代子さんという名プロデューサーにお会いした。今は故人だが、筆も立ち、感覚も鋭いオバサマであった。なにしろはじめてのラジオである。キクキュウジョとひたすらご高導を乞うた。最初

に取り組んだのが『お茶の間ジョッキー』という帯番組で、ナレーターは若山源蔵氏、毎週月曜日から金曜日まで朝十時から、一回十五分の帯を構成するのである。

生活の知恵やら、台所の話題を盛り込んだ奥さま向けの番組だから、ホトホト取材に苦労した。いい齢《とし》をして花屋からデパートの食品売場、ファッションショーまでのぞきに行ったので、ずいぶん方々でうさんくさい顔を向けられた。なにしろ、当時私は人相が悪く（今も！）、髪の毛はぼうぼうであった。一年ぐらいつづいたサスプロ番組だったが、この時間帯に竹岸ハムとかいうスポンサーがついて企画がえとなり、無罪放免となった。

やれやれと思っているそのうち、萱原さんがどういうふれ込みをして下さったのかわからないが、今度は、開局三周年記念番組をシリーズでつくるので、その中の一本を担当せよ、というお声がかりである。テーマは〝大東京〟で、私にふり向けられたのは『録音構成・隅田川』という三十分番組である。その構成、つまりスクリプトづくりが私の仕事である。だがなにしろ、どう台本を書くのか、構成の進め方はどういう約束事になっているのか、前述の帯番組の時もそうだったが、まだどうにも自信がない。汗をかきながら松尾さんにいくつかの大型番組の台本を見せて頂いて、ＢＧだのＭＩだの、わけのわからない記号をメモにうつしとったりした。素人は恐ろしいものである。

その頃はまだ佃渡《つくだ》しが健在の頃で、私は松尾さんたちとデンスケかついで渡しに乗った。島の古老の話を録《と》ったり、新内流しのチョキ舟を特別に仕立ててもらったり、古きよき時代の隅田川、情緒てんめんたるのを盛り込もうとしたものだった。このはじめての私にとっては大型録音構成、じつは意外に評判が良かったらしく、新聞のラジオ評でもほめられた。まるきし素人が構成したものとこの評論家先生が知ったら、どんな顔をなさるだろうと思った。こんなことがあって、慶祝番組の『録音構成・皇太子殿下』や、同系列の８チャンネルで『日本風土記』のお手伝いをさせられたり、考えてみればずいぶん色々にやったものである。ずいぶん色々といえば、これらは余技で本業は戦記雑誌づくり、次には狩猟誌づくり、その合間には防衛広報紙までやったので、身も心もヘトヘトになりはじめていた。年齢も四十に差しかかっていた。

堀内光雄社長の恩情

こういう時、堀内社長を知ったのである。人間の出会いとは絶妙なものだ。この人に生涯のとりこになろうとは、その時思いもよらなかったことである。そしてやがて、身も心もすり合わせたご厚誼を堀内社長から頂くようになるなど、夢にだに思わなかった。

――前述したように、私の当面の仕事は社内報づくりのお手伝いであった。取材、インタビュー、録音と撮影そして原稿の整理レイアウトと、内容は別として従前の私の仕事から、そうかけ離れた分野ではなかったので、さして苦労を感じることはなかった。この分なら、と一心発起して精励の日々を過ごしているところへ、私の心をはげしく〝誘惑〟するような話が来た。それが、本稿の第一章に書いた「軍神の母」のことである。

あの太平洋戦争の時、シドニー特別攻撃隊の艇長として人間魚雷に乗り組み、壮烈にも散華した軍神・松尾敬宇海軍中佐――豪州海軍が敵味方をこえてその勇気を讃えた軍神である。その亡き中佐の母堂が、ひとりシドニーに旅立ち、故郷熊本へ戻って来たという話を、防衛庁から聞いたのだった。その母堂、松尾まつ枝さんは当時すでに八十三歳の高齢であった。(昨昭和五十五年お正月、九十五歳で天寿を全うされた)その人にとって、海外旅行など生まれてはじめてのことだったが、愛児のうち乗った特殊潜航艇の残骸が、かの地に保存されていることを耳にし、矢も楯もたまらず対面しに行ったのだという。文藝春秋の西永達夫氏にその話をしたところ、言下に「ぜひ取材して書いてみてほしい」ということだった。私はその二年前の昭和四十一年に、同じく第一章に書いた「人間魚雷回天」の勇士たちの母代わりとなったおしげさんにお会いし、同じく文藝春秋誌上にその人のドキュメントを書いたがその折、軍神松尾中佐のこともお聞きしていたのであった。

私は早速、堀内社長にこの旨をお話をし、二日ほど休暇を頂けないか、お願いをしたのである。だがこれはむろん私用である。嘱託とはいえ、わがままが過ぎると思った。しかし、どうしてもその母堂にお会いしたかった。ところが昭和五年生まれ、戦中派の堀内社長は、「軍神」と聞いただけでエリを正しかねまじき顔をするのであった。快諾を得て、それでも休みをとるのは気がひけて、土、日曜日にかけての取材を計画した。

――熊本から帰って、すぐ原稿用紙四十枚ほどにまとめあげた取材記を届けたところ、文春の西永氏は、私の見ている前で目に涙を一杯ためて読んで下さった。こうして『軍神の母シドニーに還る』という、すばらしいタイトルが西永氏によって付けられ、昭和四十三年八月号の文藝春秋本誌に掲載となった。そしてこれが、その年の文春読者賞の最終候補に入ったのだった。〝おしげさん〟のルポルタージュも実は同じ賞の候補に入っていたので、これが二度目だったが文春百万の読者は、それを書いた私にではなく、軍神のお母さん、松尾まつ枝さんやおしげさんに対して心からの票を入れたのである。

秘書課長から、このことを聞いた堀内社長は私を呼んで、「何か万年筆でもと思ったのだが……」と言いながら、金一封を下さるのである。ひたすら辞退する私に「だってたいへんなことじゃないか。ぼくも読ませて頂いたよ」そう心から喜んでくれるのであった。

わがままな取材行を許して頂いて、私は小さくなりながら社業に勉励し始めた折も折、防衛庁から今度は硫黄島の返還式に招待を受けた。

昭和四十三年六月二十六日、かねて佐藤・ジョンソン会談でとり決められていた小笠原返還協定に基き、その日午前零時を期して父島・母島・南鳥島・硫黄島など小笠原の施政権が、日本の手に戻るのだという。

その日を期して硫黄島で行なわれるという、まさに歴史的な返還式である。硫黄島は、太平洋戦争最大の激戦場で、両軍合わせて四万五千余名もの犠牲を出した史上未曽有の攻防戦が繰りひろげられた。本稿の第二章でも詳述したように私の義兄も、同島警備隊陸戦隊の一海軍下士官として戦い、言語に絶する死闘ののち、生死の境をさまよいながら奇しくも万死に一生を得て生還した思い出の地であった。是が非でも、今は〝鎮魂の島〟となったイオウジマに行かなければならない、そんなはげしい気持ちに私はかられた。

だが、熊本に軍神のお母さんを取材して帰って来たばかりの時であり、堀内社長に、なんともこの話を切り出しにくかった。恐る恐る社長室のドアを叩き、思い切って硫黄島の話をすると、「いいチャンスじゃないか。行って拝んで来てくれ。そうか、君のお兄さんが……」と、立ち上がって感慨深そうなひとみで私を見やって下さるのであった。恐縮して社長室を辞し、私は浮き足立つような思いで防衛庁へ急いだ。

内外記者団はすべて、チャーターの米軍輸送機で当日飛ぶという。飛行機ぎらいではあるが軍用機は別、と割り切っているので、搭乗の準備を進めているところへ海上幕僚監部の田野広報班長（当時）から電話があり、「返還式当日、海上自衛隊のＰ２Ｖが硫黄島一番機として飛ぶから、よかったら乗ってらっしゃい」と言う。Ｐ２Ｖは当時、海上自衛隊秘蔵の今もまだ一線配備中の対潜哨戒機で搭乗要員は十一名。初体験の不安はあるが、せっかくの好意を無に出来ず、発進地の千葉・下総基地に前夜赴いた。同行は防衛記者の佐藤栄治君である。

スタンバイは早朝四時――。搭乗員の傍らに私たちも整列し、気象通報を聞く。夜は白々と明けはじめていた。風もなくきわめて快適なフライトらしい。ダイダイ色のライフ・ジャケットを付けさせられ、首にイザという時の認識票（？）をぶら下げ、胴体の下っ腹から機内の人となると、前夜基地周辺でハシゴ酒をした名残りも吹き飛んだ。

中は殆ど、腹匐いか中腰でないと移動しにくい。私の席はナビゲーター席、佐藤君はノーズの爆撃照準手席（？）である。「万一の時はこの把手《とって》を押して、ゴーンと足でけっ飛ばすとそこから脱出出来ます」私の頭上の天蓋を指しながら、元気のいい搭乗員がそんなことを言う。気味の悪いことおびただしい。同じ脱出口はノーズ部分もそうだという。壁面はやたらに計器だらけで、メカに弱い私には何が何やら判らない。レシーバーを耳に当てがっていると、しきりに交信の声が飛び込んで来る。紺碧の空のはるか向こうに、豆粒のように行き交う民間機からの声は、〝イオウジマ返還おめでとう〟〝グッドラック〟——大方はこんな調子である。

若い搭乗員が小腰をかがめ、片手に魔法瓶、片手に折詰弁当を抱えて私のところへ来た。「やって下さい、記者さん」と言う。下総基地隊の、心づくしの特別機内食だった。返還を祝ってあれこれ盛った和風料理には、タイと赤飯もついているという豪華版である。一直線に洋上を南下すること、すでに三時間近く、一万フィートの眼下にはまばゆいばかりの海また海がつづく。機内は次第にむし暑くなって来た。やがて、にわかに高度を下げはじめる。ついに来たかと見渡すと、些か写真で見る硫黄島とは違う島である。

「ホイ、東硫黄島だった」照れたような声が耳に飛び込み、見ると機長がニコニコ笑っている。一つ手前の離れ小島を見間違えたらしい。むりもない、はじめての硫黄島行である。こんなご愛嬌もあって、P２Ｖは爆音高らかに青一色の大気の中をフライトしていった——。

こうして飛んだ硫黄島、すでにあれから十四年経った今も記憶と感動は生々しい。第二章の中に詳述した『慟哭の島、硫黄島へ再び』は、帰島直後感慨さめやらぬままに綴ったその時のルポルタージュを、下敷きにしてまとめたものである。

私が返還の日の硫黄島に飛び、その感慨を小文にまとめたのには、じつは私なりに意味があってのことである。私がシベリアから帰国して一年ほど経った頃、縁あって今の愚妻と一緒になったがその折、私は脳天を打ち砕かれるような衝撃的な話を聞いた。

文中でも触れた妻の兄、私にとって義兄となる人が、硫黄島で玉砕後も壕にたてこもり、再三の米軍の慫慂《しょうよう》にも降伏を肯んぜず、火焔放射器の焔で焼き払われるまでついに壕を出ることをしなかった。すでにその時は、日本軍最後の日とされた日、三月十九日からなんと五十日も経っていたというのだ。私はその話を聞いて、矢も楯もたまらず義兄の許をたずねた。その時、義兄はまだ二十七歳だというのに、毛髪は殆ど白髪《しらが》になっていた。百万言の体験談を語ってもらうより、義兄の顔が硫黄島の、戦争の、そして敗戦のむごさを物語って余りあった。

私が戦争の記録を書きつけていこうと決意したのは、じつはこのことが直接の動機となったのだった。義兄のような戦争体験者の、生き様そして死に様を、私は戦場に生き残った者の責務として記録していかなければならない——それが私のその時の切実な思いであった。

そして富士急行へ入るまでの十五年間、私は殆どそのことを一筋に思い、機会を見つけては〝戦争〟を綴って来た。それが硫黄島返還という、まさに歴史的な日に遭遇し、この戦争記念島ともいうべき硫黄島から帰って来た時、私はそういう責めをなにか果たしたような気がしたのである。私にとっての戦記ライター生活は、「硫黄島にはじまり硫黄島に終わった」と考えた。硫黄島取材は、私のいわば鎮魂賦のつもりであった。こうして胸の中で一応の区切りをつけ、宮仕えの身として一意専心のご奉公をする決意で日々、初台の本社へと出勤したのだった。

父の死

さて、順風満帆で第二の人生のスタートを切った私だったが、好事魔多し、身内では悲劇が起こりはじめていた。富士急行にお世話になりはじめてから三年目、私の実父が、不治のガンにとりつかれたのである。

その頃、父はもうひと吸いの水も受けつけなくなっていた。母が、妻が、ラク呑みの吸い口を父の唇許《くちもと》につけてもイヤイヤをするばかりであった。堀内社長の使いで、当時本社社長室長だった田中鈞一氏が、慶応病院の父の病室に見舞いに来て下さった。

「南さん、しっかりせにゃいけませんぞ」そして、社長からですとお見舞いの千疋屋のメロンの籠が、枕元に置かれた。「何でも食べて、元気を出さにゃ……」父は、うんうんとうなずくようにして田中氏の眼を、じっと見ていた。

それからというもの、「堀内さんのメロンだ、堀内さんのメロンだ」水も呑めなくなっていたのに、父はそう言いながら何度かメロンをせがんだという。母や妻は泣きながら、夢中になってラク呑みからそのメロンの汁を父の口にふくませたのである。

それから三日後――、たまたま私が交代で病室に泊りこんだその夜、父は私の手をにぎったまま、この世を去った。一夜、東京を吹き荒れていた嵐が明けた未明のことである。そして、このメロンの汁が父の末期《まつご》の死に水となった。「堀内さんに……」と言った言葉が、生前最後の言葉となった。母は今も言う、「本当に不思議だものネ、水も呑めなかったのに、お父さんは……」と、目尻に涙をにじませて、寂しそうに笑う。そして、

「雅也、社長さんの恩を忘れてはいけないよ」あの時の話をするたびに母は、いつもこうつけ加える。医者にも判らない不思議な活力を呼び起こしてくれたこのメロンの話を、私はいまだに堀内社長に報告していない。どうしても、言いそびれているのである。

――葬儀の日、父の野辺送りは世田谷・東松原の自宅で神式で執り行なわれた。松原の家は昭和八年、井の頭線（当時帝都電鉄）の開通した年に父が三十八歳の折、建てた家である。庭に、玉串を捧げて下さる葬列がつづいた。中に儀礼服を着た統幕議長以下、防衛庁の幹部自衛官の方がたがキラ星のごとく並んでいた。富士急行の人たちが、そして顔なじみの雑誌社や新聞社の記者たちが、日頃見かけないネクタイ姿で並んで下さっていた。ふと気がつくと、堀内社長が、小さな榊《さかき》の玉串を両手に捧げ、粛然とその列の中に立っていた。ためらう私の目を見やり、涙を浮かべた眼で二度三度とうなずいてくれるのであった。

私は、たまらなかった。葬儀の受付係にでもと、社長はその日、自分の秘書を三人、私の

家に送り込んで下さっている。入社三年、一嘱託の身に、これは破格のことであった。その前夜にも、社長の命を帯して役員、部課長の方がたが大挙してお通夜に来て下さっている。生涯かかって、この堀内社長に私は恩を返さなければいけない――その日以来、そう私は心に決めたのである。

かえりみて、自分にとってぎりぎりの極限とは何だったか。それは、この父と死別の時である。その日、私はただ茫然と、この恐ろしい死と相対させねばならなかった。父は死んだ。昭和四十四年四月四日、明け方のことである。時に七十四歳。

数百名の戦友の死を、一瞬の間に体験した私であったが、父の死はたとえようもないほどこたえた。頭の中は、真空のような状態だった。出棺後数日、私は父の面影をしゃにむに追うようにして、ノートに筆を走らせたのである。生まれてはじめての歌であった。

舞鶴の波止場に一人たたずみて
おうおうとステッキ振りあげし父はも
（私の帰国を迎えに来てくれて）
わが記事に朱筆を入れて知己知己に
鼻高々と送りし父わが父
（父は私の作品をよく知人に送った）
入院のその日を前にわが父は

ほとほとと訪《おと》ない来ぬ参宮橋に
（会社のそばにあった私の住いに来てくれて）
頬《ほお》くぼみ口やせ落ちしわが父よ
点滴を見つむる眼《まなこ》ぞいとおし
（忘れられない慶応病院のあの部屋）
深々とうなずきつつ逝きぬあの朝の
嵐を越えし父をぞ想う
（嵐が明けた夜明け、父は死んだ）
なぜひげを剃りしかと父笑う
夢枕にて言うその太き声
（死後父は何度も私をたずねて来る）

某日、富士山のふもとの霊屋に、父が生前つくった墓に、私はあの時夢中でつくった二十三首の歌を半紙に清書したものを供えた。ぬけるような青い空だった。突然、墓石の前のその半紙の綴りがパラリパラリと一枚ずつめくれた。まるで父が、その手でめくっているように。父は生前、私の書いたつたない作品を一枚一枚ながめながら、朱筆であれこれ添削してくれたものだが、逝きてまみえることなき今もなお、そのことをしてくれているかのように、ハラリハラリとめくっていくのである。

私の歌を、じっと見てくれているようであった。悲しかった。

父の死後、私はばったりと外部への寄稿が出来なくなっていた。そんなある日、社長が私を呼んでこう言うのである。「この頃、さっぱり書いていないようだが？」「……父が死んでから、張り合いがなくなってしまって。もう読んでくれるオヤジがいないと思いますと……」私は絶句した。

富士急行へお世話になるようになってからも、小学館の少年サンデーや旺文社の学習雑誌、それにいくつかの月刊・週刊誌に乞われるままに寄稿していた。前述したように、文藝春秋に『軍神の母シドニーに還る』や『かあちゃんと百三十八人の人間魚雷』を発表、それぞれの年の文春読者賞の最終候補に入ったのも、その頃のことである。

父は、こうやって私がいろいろな雑誌に寄稿するたびに、発売日を待ちかねるようにしていた。そして、かなりの冊数を買い込むと朱筆で上書きして父は、縁者知人に送っていた。死後、それが判ったのである。

「……ぼくでよかったら、代わりに拝見するよ。お父さんのようにはいかないだろうけれど」—堀内社長はそうまで言って下さった。有難かった。堀内社長はそれまでも、私が寄稿するたびに読んでくれていたことを、私は秘書課長から聞いて知っていた。そればかりか、前にも触れたが文春読者賞の何番目かに入った時などは、本当にわがことのように喜んでも下さった。

「代わりに見よう、お父さんの代わりに」そういう社長の言葉の前に、私は声が詰まった。

私は涙をこらえることが出来なかった。だが、それでも結局、書けなかったのである。二か月ほど経って、再び社長室に呼ばれた。そして、「この際、富士急行に腰を落ちつけたらどうか。しかし、いいんだよ、年に一、二本ぐらいは大作をものにしろよ」と言われた。

堀内社長は私が結局、あれ以来、何も出来なくなってしまっていることを見抜いていた。いい齢《とし》をして、とその頃、時にわれを冷笑することがあったのだが、私の、父への傾斜はそれほどひどかったのである。

社長の恩情に言葉を失い、頭に血がのぼって、何を言って社長室を出て来たのか記憶にない。そして数日後、図らずも『弘報課長心得を命ずる』の辞令を頂戴し、嘱託を解かれ本採用となって本社五階の一隅に席を頂いた。昭和四十四年夏のことである。当時私は、秘書を命ぜられていたので、正しくは『総務部弘報課長心得兼務を命ず』の発令であった。

昭和四十一年に堀内社長にお会いしてから、同年六月嘱託採用、四十三年六月に社長室調査役、翌四十四年三月に秘書と、社長のそばでひたすら特訓を受けて来た身であった。弘報課長心得の〝心得〟がとれたのは、二年おいた昭和四十六年八月のことだが、翌年には秘書役を命ぜられ再び社長のそばでしばらく行儀よくかしこまっていたが、それも八か月ほどのことで再び弘報専任となり、四十九年五月には、弘報課長のまま総務部次長の兼務を命ぜられた。そして初代広報室長を拝命したのは、昭和五十二年一月のことである。これとて、社長が私に何か良い肩書を、と考えて新設して下さったポストであったに違いない、と今も考えている。

こうして入社以来、去る昭和五十七年五月三十日の私の誕生日に迎えた定年退職の日まで十六年間、考えてみると秘書と広報の繰り返しでその他の職務を経験したことがない。その広報も社長直属の職制だったので、終始一貫私は、堀内社長にじかに薫陶、陶冶を長年にわたって受けて来た立場になる。そして定年後もひきつづき、この六月から調査役として広報担当を命ぜられた。私ほどの幸せ者はいない、と思うゆえんである。

そしてこの間には、会社創立四十五周年記念出版の『富士山　富士山総合学術調査報告書』（昭和四十六年刊）、そして次いで創立五十周年に同じく記念出版の『富士山麓史』（昭和五十二年刊）の二つの大冊の編さんにも携わった。前者は富士山自然科学の集大成であり、後者は霊峰富士の人文科学史である。富士山を愛してやまない堀内社長の発意で出版が企画され、その編集主務作業を命じられて、後世に残る学術書づくりに取り組むことも出来た。身の果報、といわなくてなんだろう。

わが生涯の感激

身の果報、といえばもう一つ付記させて頂かねばならぬ私事がある。それは、今から四年前に出版した私の戦闘記録のことである。

社業専念、外部への筆を断って十余年の歳月が経ち、もう再びかつての頃のように〝戦争物〟を書くことはないだろうと思っていたところ、突然私の戦友会から思いもしなかった

〝命令〟が届いた。広報室長になった翌五十三年四月のことである。

かつての戦場「磨刀石」での戦闘記録を書けという。本稿の第二章で謹述した通り、私たちは終戦直前、満州の関東軍石頭予備士官学校に在校していたが、ソ連の侵攻開始によって急拠戦時編成に移され、満ソ国境第一線の磨刀石でソ連戦車軍団と戦ったのだった。そして甲種幹部候補生九百二十五名が出陣し、八月十三、十四日を中心とした死闘で七百二柱の戦友が壮烈な最期を遂げた。

生き残りの候補生たちはこの時のことが忘れられず、会えば涙して思い出の戦場を語り合うということを繰り返して来た。ちょうど戦後三十三年、仏でいえば三十三回忌に当たる昭和五十三年、ぜひこの時の記録を世にあらわして後世に伝え、靖国の御霊に捧げようではないかというのである。それを、生き残りのお前が書けという。

某日、その本の出版を相談しようと生き残り有志が東京に集まった。出席の候補生たちは私に、あの戦闘に身を投げうった候補生たちの姿を、徹底して透徹した目で活写してほしい、われわれは次の世代に生きる糧となるものを残しておきたいのだ、ぜひとも次の時代に役立つ碑《いしぶみ》としてつくってくれ、と言った。そしてあの時代に生きたすばらしい日本の若者の力、ひたむきな純粋性というものを伝えていこう、とこもごも吐露したのだった。最後に私の区隊長、田中治諸氏が言った――高い澄み切った空の遠い所に輝く星のような碑《いしぶみ》として書いてほしい、と。

そしてこの本を、あの思い出の八月十三日――磨刀石陣地に死の攻防を繰りひろげたその日に焦点を合わせ、是が非でも出版を間に合わそう、八月十三日には鎮魂の慰霊大祭を九段の靖国神社で開催しよう、その時までに仕上げてくれというのであった。大変なことになった、と思った。その日が四月十六日、あと四か月しかない。物理的に到底間に合わない。それに肝心かなめの私には、社業が厳然とひかえている。

だが、私は魂をはげしく揺さぶられていた。苦慮する一方では、何が何でも出さなければならないと、心に秘めはじめていた。出版日を逆算して、おそくとも六月はじめには完全脱稿しないと、版元が進行どころではなくなる。だが、よし、必ずなし遂げようと決意した。原稿をまとめるのに限られた日数は五十日間、その間日祭日が約十日、あと平日は体力にものいわせ帰宅後、夜を徹して書こう、と決めた。

だが宮仕えの身、いかに大義名分があろうとも勝手に出版など許されない。何はさておき社長の許可を仰がねばならぬ。私は入社のあの時、堀内社長が〝年に一、二回は大作をものにしろよ〟と言って下さった言葉を思い出し、それにしがみつき、社長室のドアを叩いた。そして戦闘報告をし、出版の経緯を申し上げてご許可を乞うた。ところが、立ち上がって私に向かい、「それは、してあげなければ……」、心にしみ入るような社長の声であった。有難かった。涙であたりがもう、ぼうっとかすむのであった。

こうして大車輪の仕事がはじまったが、戦友会の幹事が全国の生き残り戦友に檄を飛ばし、ぞくぞくと資料やメモ書きにした戦闘報告が私の手許に届きはじめた。心臓病で当時、虎の門病院に入院中の、元時事通信社会部長だった戦友、木屋隆安氏が電話で出版社と困難な交渉をしてくれた。岐阜や岡山や九州から、深夜長距離電話をかけて来ては、受話器の向こうから励ましつづけてくれる戦友が相次いだ。病床に病む木屋候補生だったが、校閲までかって出てくれた。

そして、原稿は予定どおり完成し、私は、『われは銃火にまだ死なず』と題して版元の泰流社に渡したのだった。それにしてもこの本は、今回のこの小著同様、同社の西村允孝社長の義侠心なしには到底世に出なかったろう。

思えばこの本は、その「あとがき」にも書いたことだが生き残り候補生たち一人一人の協力と、心のほとばしりで埋めつくされた。生き残りの一人一人が思いをこめて、死んでいった隣りの肉攻壕の候補生の死をかけた願いを、身代わりとなってここに書き綴っている。私は、そういった候補生の心の叫びを筋とし、あとは私自身の小さな体験を織りまぜながら文章を運んだに過ぎない。こういう壮烈なまでの戦友愛に支えられ、励まされて、この本は出来上がったのだった。

そしてそれよりなにより、私には死んだ戦友の御霊が私を支えてくれ、書かせてくれたと今も思えてならない。自分で言うのもおかしいことだが、夜を徹して書いている時、愚妻が「鬼神のよう……」と言って涙ぐむのを見た。自分の姿が鬼神なのではない。私に、亡き英霊がのり移り、鬼神のような恐ろしい力を私の手に添え、筆を支え、文章を運ばせてくれたのだと私は信じている。それでなければあの短時日の間に、四百枚もの大冊がまとまるはずがないではないか。

こうして刊行された本を、私は即刻靖国の御社にお供えし、同時に堀内社長にお届けした。ところが数日経って、思いもかけぬことが起こった。堀内社長が、「出版の記念になにかプレゼントしたい。南くんに希望があったら聞いておいてくれ」と、秘書課長に命じたという。秘書課長の帆足くんが私の席にやって来て言った。

「そんなわけですから、南さんどうぞ……」私はめんくらった。これ以上ご厚情に甘えるわけにはいかない。ひたすら辞退したが、「社長が喜んでおられますよ。遠慮なんか無用です」と畳みかけて来る。私は絶句してしまったが、ふと「恩賜の時計がほしい」と口走った。「えっ？　何を？」「いや、冗談です。冗談……」。軍隊時代、軍人あこがれの栄誉は恩賜の時計であった。陸士、陸大をトップで卒業すると、輝く銀時計が陛下から「御賜」と刻印されて下賜される。われわれ予備士官学校には、それがない。しかも教育途上、われわれは野戦に征ってしまったのだ。それこそ未来永劫にわたってこの手のものは、頂戴出来ない運命にあるわけだった。

そんな思いが、社長の恩情に甘えるあまり、無意識のうちに〝恩賜の時計〟と口走らせたのだと思う。そんなおねだりをするなんて、と苦笑した私だったが、驚いたことにそれから数日経って堀内社長に呼ばれ、「南くん、おめでとう。君のご希望のものだよ」と、呵々一笑されながら私に革のケースに入ったものを下さったのである。拝受して、見ればまさに〝恩賜の時計〟であった。金時計の裏側には、私の名と社長の名が祝出版記念の文字に並べてくっきりと刻み込まれている。以来、この恩賜の時計はきょうも私の胸に、しっかと収められている。

このようなことがあって恐縮し切っているところへ、今度は私のために出版記念会を開くという話がもたらされた。出版を聞き伝えたマスコミの方がたが中心に発起人となって、あいつを励ましてやろうという計画だという。

しかも参ったことに、堀内社長も発起人に加わるというのだ。すでにその頃、堀内社長は衆議院議員として活躍中で多忙をきわめる毎日を過ごしておられる。身の細る思いをしていた某日、東京新聞政治部の友人、内田清さんが私を強引に議員会館へ連れてゆき、堀内代議士の前で発起人の打ち合わせをはじめる始末で、まったく身のおきどころのない思いであった。

かさねがさねの晴れがましいことに、ひたすら恐れ入っているうちに、アレヨアレヨという間もなく記念会はお膳立てされ、東京・虎の門の日本プレスセンター・日本記者クラブ宴会場で開催の運びとなった。昭和五十三年十月七日、土曜日のことである。

私のために二百名から集まって下さった参会者の方がた――わがことのように嬉しそうにして多くの戦友がいた。富士急行の役員諸公が同僚が、仲間たちが会場の遠くから近くから私を見守ってくれていた。引き揚げ以来、二十年三十年と終始変わらずつき合って下さって来た先輩たちや、多くのマスコミの心友たちが一堂につどって下さっていた。そして、開会前から、早くも堀内社長がかけつけて来て下さっており、私をめざとく見つけると破顔一笑されながら両手で力一杯、私の手を握りしめて下さった。感激のあまり、胸がしめつけられるほど痛かった。

茫然と立ちすくむ私をかたわらにして、堀内社長や畏友の読売文化部長の吉村暁さん、文春出版部長の西永達夫さん、俳優の中条静夫さんたち、そして戦友や上官たちが相次いで登壇、祝辞を贈って下さった。〝感動の臨場感〟〝すさまじい情熱〟〝烈著とでもいうべき書〟〝万感胸に〟などと、身の縮まるような思いの麗句で私の至らぬものを心からかばい、飾って下さった。私は立っているのが息苦しいほど、そして涙をこらえるのに精一杯であった。

私は、会の冒頭に登壇し、心から寄せて下さった堀内社長の祝辞を生涯、忘れることは出来ない。堀内社長は、私の本をそれこそ隅々まで熟読され、戦友たちの死を悼んで下さった。この本を書かなければならなかった私の心というものを鋭く見抜かれ、ねぎらっても下さった。そして、国会議員として、われわれの遺骨収集のことをも心配され、秘めた胸の内を吐露して下さった。亡き戦友に対する、これほどの手向《たむ》けはない。本当に有難いことだと思っている。――わがことで恐縮だがあえてその日の録音テープから、堀内社長のあいさつ要旨を誌上再録させて頂く――。

「私の敬愛する南雅也さんが、このたび『われは銃火にまだ死なず』という素晴らしい本を書かれました。この本は、終戦直前のソ満国境における南さん自身が戦闘に参加された凄絶な戦いの記録を中心にしたものでありますが、私も一読をさせて頂き、これは本当に胸を打たれる大変な本だと感じたのであります。

こんな素晴らしい本をお書きになったのですから、関係者が相寄りまして出版記念会をしようではないか、ということになりました。本日、そういう中で、このように盛大に意義深い出版記念会が開催できまして、発起人の一人として私からも厚く御礼を申し上げる次第でございます。また同時に、南さんに対しまして心よりお祝いを申し上げます。

南さんは、私どもの富士急行で広報室長をお願いしており、また富士急行に来られる前は、雑誌社の編集長などもしておられました。それだけに、大変な名文家であり、文筆家であり、筆が立つ人であるということは、平素私はよく知っていたわけでありますが、このたびの『われは銃火にまだ死なず』という作品を拝見し、これは本当に魂をゆさぶるような南さんの持つ力というものが、心というものが滲み出ている素晴らしい文だと感ぜずにはおられませんでした。私は恐らく、こういう記録作家としては日本で指折りの大変な力を持つ作家の一人に挙げられるのではないか、と感じました。そしてこの本を読んで、南さんの心というものを強く感じた次第であります。

終戦からすでに三十三年の歳月が経ち、この間に、太平洋戦争の戦史や記録というものは、殆ど出尽くしたというふうにも思っていたのであります。が、ここに来てソ満国境の終戦直前における磨刀石のこの悲惨な戦いの記録が出まして、まだこのような凄絶な戦いの記録があったのかと、胸を強く打たれたのであります。終戦直前のソ満国境、磨刀石という所に、ソ連軍が押し寄せて来る、それをむかえ撃つのは南さんをはじめとする九百二十五名の、学窓をあとに甲種幹部候補生として軍隊に、国を守るために身を挺してやって来られた方ばかりであります。そしてその任務というものは、ソ満国境からおおぜいの開拓団の人たちが南下して安全な地域に避難していくまでの間を、それこそ身を防波堤にして守るという任務だったのであります。そして、僅かな日時の間にその大半の学徒兵が亡くなりました。その中では、敵戦車の機甲部隊が押し寄せて来る中を爆雷を抱いて戦車に体当たりしていくという、凄絶きわまりない戦いを繰りひろげているのであります。

私はこれを読みまして、本当に涙なくしては読めない文章だと思いました。そしてその中で散っていかれた方がたに対して、本当に私は心からその英霊に対しご冥福を祈らなければならない気持ちで一杯でございました。この磨刀石での戦いの姿が南さんの手によって著わされたわけであり、私は皆さんがお読みになって本当に胸を打たれ、涙なくしては読めない大変なものだということを、改めて申しあげる次第であります。この戦いの中で、南さんは紙一重の差で命を全うされたわけですが、その後ソ連に五年近く抑留され、日本に戻って来られたのであります。

私は南さんの真面目な気持ち、真剣な性格という人柄をよく知っております。それだけに恐らくこの本を書く気持ちというものは、その時に一緒に戦って亡くなられた同期生の方がたの心情を思い、なんとしてもこの記録を世にあらわして同期生の英霊に対するはなむけにしなければ、という激情にかられて、この本にとりかかったものだと思います。

それだけに全巻、胸を打つものがあり、また同世代のわれわれにとっても本当に南さんの気持ちがよく分かるような内容で終始されていると思うのであります。今は亡き英霊に対し、心よりお慰めするとともに、こういう南さんの気持ちをみんなでかって、この本の将来のためにも南さんの心に対して、みんなで祝福しなければならないと思います。南さんがこの間、こういうことを私に申しておりました――『われわれの亡くなった同期生を追悼するために、生き残った者として最後の行事を行ないたいのは、あの磨刀石の地に出来るだけ早い機会に赴いて、英霊の御前に、同期生の御前に香華をたむけたいということだけです』と、言っておりました。幸い、日中平和条約もまとまった時期であります。私も昨年、むこうに参りまして知己友人もいるわけでございます。南さんのこの気持ちというものをかって、私はなんとかして南さんやご生存の同期生の方がたの気持ちにむくいるためにも、この磨刀石の地に皆さんが香華をたむけに行けるような機会を、私はつくり上げるように努力して参りたいと、心ひそかに決意を致した次第であります……」

――真摯無比、誠心あふれる堀内社長のあいさつが終わると、水を打ったように静まり返っていた会場に、拍手がとどろき鳴りやまなかった。私は、涙をこらえることが出来ず、必死に亡き戦友の面影を追っていた。そして、この社長のことばは、そっくりそのまま戦友の英霊に手向けて下さったものだと、謹んでお聞きしたのだった。わが生涯、このような感激があろうか。

鎮魂、そして雄叫びの発掘

南雅也、五十七歳――。人生八十年、といわれる昨今、まだまだ働かなければならない。そして、もし許されるならどうしてもこれだけはやりたい、やり遂げたいと思うことが一つ、二つある。

第一は、私をこの世に残し身代わりとなって死んでいった亡き戦友たちに対する鎮魂であり、そのためにもしなければならぬご遺骨の謹収である。昨年、私の戦友有志たちが訪中した。かの地、磨刀石へも入れるという確約を得ての上であった。ところが、北京中央は許可したというのに、案の定というべきか、東北地区（旧満州）における現地当局はそれを許さず、たっての懇請に、それではということで中国の人たちが磨刀石の石を捨って来てくれ、それを戦友たちは持ち帰って来たのであった。

じつは磨刀石へは入れない、ということを私はかねて危惧し、訪中を焦る一部の戦友にも話をしていた。中国事情の権威、矢島鈞次氏によれば、牡丹江市は今、完全に軍事基地都市となり、レーダー基地が牡丹江南部の拉古に、そして新しいミサイル基地が同市東部の代馬溝に建設されているという。代馬溝は、磨刀石のすぐ目と鼻の先であの磨刀石攻防の前夜、三十一名の戦友が挺身斬込み隊となって突入した要衝なのである。どう考えても磨刀石に今、行けるわけがない。

それどころか、この国境一帯がいつなん時、再びあの悪夢にも似た砲声と軍靴の轟きの前に、天日ために昏《くら》く掩われる日が来る気配なしとしない。その意味では、戦友の想いをよそに、すでに磨刀石は〝遥かなり古戦場〟と化すのかもしれぬ。だがそれでは、生き残りの畏友・木屋隆安氏も鎮魂賦の中で詠んだように「永遠ニ魂魄ヲモ鎮メ得ズ慙愧《ざんき》痛恨ノ極ミ」という他はない。死んでも死に切れない、の思いである。

一方では、前述した国境の動きをよそに〝中ソ和解〟の方向もあることを指摘する専門家もいる。だが、そのことはわが国にとって重大な脅威となることをも予測してかからねばならぬ。ただ単に、磨刀石へ行くことのみを焦り、仮にも中ソ和解を手放しで喜ぶわけには断じていかないと思う。

それだけに、一日も早く国際政局が安定し、戦争のない、起こらない力の均衡を持ち、その中でわが国も世界諸国の信に応えられるような、そして、わが国がいかなる国からも侵されぬ国力と、自衛の力を持たねばならぬと思うのである。

そしてその上で、世論を背景としたわが国政府の力によって、訪中慰霊のことが正式に行なわれるよう、われわれは願ってやまない。その日のために、日本人の一人として私は不断の研鑽を重ねていく決意である。

第二の願いは、本書にも紹介したような「大東亜戦争と日本人」のかかわり合いの一層の発掘である。

あの太平洋戦争の〝戦場〟には、随所に繰りひろげられたに違いない無数の戦場ヒューマニズムがあろう。声なき雄叫びを残して、祖国よ安らかなれ、と念じつつ散華した数知れぬ無名兵士たちがいよう。

このような戦場での人間の良心、そしてその壮烈な姿は、数限りなく目撃されている。そして、多くの心ある作家や戦史家、体験者たちによって記録しつづけられてはいるが、わが国敗戦の中でその詳細はいまだ真の集大成がなされていない。それどころか、歳月の流れとともに人びとの胸の中から、忘れ去られようとしている。

だが、こういう戦士たちのひたむきな至情と尊い犠牲の上に、今日の平和があることを思う時、私は戦場で生き残った者の使命として、及ぶ限りの手を尽くして戦争ヒューマニズムの発掘につとめ、そして名もなき戦士の無言の雄叫びに耳傾け、その心を心としてとらえ、活写していくために、これからの余生を捧げていかなければならぬと決意している。

わが戦い、未だ終わらずである。

〈主な引用・参考文献〉（順不同）

「回天」回天刊行会
田尻健次「軍神松尾中佐とその母　都竹兵曹長」
「続楨幹・石頭予備士官学校の記録」石頭会
額田坦編「世紀の自決」芙蓉書房
「実録太平洋戦争・第七巻」中央公論社
住本利男「占領秘録・上」毎日新聞社
「特集文藝春秋・赤紙一枚で」文藝春秋社
「特集文藝春秋・目撃者の証言」文藝春秋社
今村均「私記・一軍人六十年の哀歓」芙蓉書房
伊東峻一郎「東条英機伝」天佑書房
内田信也「風雪五十年」実業之日本社
菅原裕「東京裁判の正体」時事通信社
「言論春秋」中外ニュース社
「読売新聞」読売新聞社
「防衛日報」防衛日報社
「東京新聞」中日新聞東京本社
「月刊誌・丸」潮書房
「月刊現代」講談社
「ざっくばらん」並木書房
南雅也「かあちゃんと百三十八人の人間魚雷」文藝春秋・昭和42年10月号
〃「軍神の母、シドニーに還る」文藝春秋・昭和43年7月号
〃「肉弾学徒兵戦記」鱒書房
〃「われは銃火にまだ死なず」泰流社

単行本　昭和五十七年八月『この壮烈な戦士たち』改題　泰流社刊

NF文庫

軍神の母、シドニーに還る

二〇一八年七月二十四日 第一刷発行

著者 南雅也

発行者 皆川豪志

発行所 株式会社 潮書房光人新社

〒100-8077 東京都千代田区大手町一-七-二

電話/〇三-六二八一-九八九一(代)

印刷・製本 凸版印刷株式会社

定価はカバーに表示してあります
乱丁・落丁のものはお取りかえ
致します。本文は中性紙を使用

ISBN978-4-7698-3078-8 C0195

日本音楽著作権協会(出)許諾第1805857-801号

http://www.kojinsha.co.jp

NF文庫

刊行のことば

第二次世界大戦の戦火が熄《や》んで五〇年——その間、小社は夥しい数の戦争の記録を渉猟し、発掘し、常に公正なる立場を貫いて書誌とし、大方の絶讃を博して今日に及ぶが、その源は、散華された世代への熱き思い入れであり、同時に、その記録を誌して平和の礎とし、後世に伝えんとするにある。

小社の出版物は、戦記、伝記、文学、エッセイ、写真集、その他、すでに一、〇〇〇点を越え、加えて戦後五〇年になんなんとするを契機として、「光人社NF（ノンフィクション）文庫」を創刊して、読者諸賢の熱烈要望におこたえする次第である。人生のバイブルとして、心弱きときの活性の糧《かて》として、散華の世代からの感動の肉声に、あなたもぜひ、耳を傾けて下さい。